3 向情敵宣示所有權

竺淩羽（太后）

先帝朱璃臨瓊的皇后，
淳安王的嫂子，
撫養小皇帝元皓，
一輩子追逐權力。
有個不能說出口的秘密。

朱璃元皓（小皇帝）

十六歲的大齊皇帝，
先帝朱璃臨瓊的皇長子，
繼承朱璃氏的四色狼眸。
個性堅韌，越挫越勇，
爭強好勝。
總喜歡跟王叔淳安王對立。

竺雨瑤（南虞公主）

竺淩羽的姪女，
被南虞皇帝送至齊國和親，
目標是成為元皓的皇后，
但是卻戀上淳安王。

小瑜

十七歲的控屍道士。外貌清秀可人，但沒事就愛炸毛，口是心非，明明超喜歡，卻要說「討厭，不要」。技能是「控制殭屍」。

寧子薰（洛菲）

年齡不明，據說只要不被爆頭就可以一直活下去。個性呆萌，正在努力學習適應古代人類生活。她是來自末世的殭屍，任第五戰區防禦部隊第三偵察小隊隊長。技能是「力大無窮」，可以舉起相當於自身幾十倍的重物。

朱璃蒼舒（淳安王）

二十六歲，大齊國攝政王。個性冷如冰山，如狼般狡詐凶殘，微有抖S傾向，喜歡玩虐寧子薰。技能是「謀定天下」。

CONTENTS

My Zombie Princess

第1章

王婿的陰謀

從京衛中抽調的八萬兵馬集結待命，淳安王親自率領大齊軍隊征討南虞，然後大將軍王朗也會率領各地方集結的十五萬大軍與淳安王在光州會合，討伐南虞。餞行宴已畢，淳安王騎著一匹皇帝御賜的五明馬向眾人辭行。

他的身後是海一般洶湧的鐵甲明槍軍隊，大齊的旗幟在風中獵獵飄揚，空氣中瀰漫著塵土與汗水的味道。

望著這似曾相識的場景，寧子薰不禁有些激動。想當年，她也是名優秀的戰士，這種從骨子迸發出的雄壯情懷是永遠也不能磨滅的，今天的場面又勾起了她的回憶。

烏壓壓一群送行的人中，淳安王偏偏縱馬走到王嫣面前，向來冷冰的目光暈染上一層淡淡的血色。就這樣，他們互相凝視著，卻都不開口。寧子薰已經看多了淳安王和王嫣玩曖昧的戲碼，視覺疲勞，遂掏出自製的小型版「華容道」滑塊類遊戲解了起來。

一旁的馬公公橫了她一眼，低聲問：「寧側妃怎麼不向王爺道個別？難道不擔心王爺的安危嗎？」

「不擔心，因為有句俗語說得好！」噺……被馬公公一插話又走錯了，把「曹操」堵死了！寧子薰懊惱。

馬公公問：「什麼俗語？」

「禍害遺千年！王爺絕對死不了。」

馬公公的老臉越發長了，不過鑑於寧子薰說的也算是「事實」，王爺向來謹慎，不打無把握之仗，所以他也沒反駁，只是伸出手幫寧子薰走了幾步，「曹操」很快就「逃」出了華容道。

「原來是這麼走的……馬公公，你真厲害！」寧子薰兩眼放光讚美道。

「……」馬公公轉過頭，沒理她。因為他不想承認他玩這種五歲小孩子才玩的遊戲「很厲害」！

這時，只聽淳安王說：「阿姐，妳相信蒼舒嗎？蒼舒能給妳一世平安的生活。」

「我一直都相信。」王嫮抬起頭，她的微笑是那樣絕豔。

傾國傾城這樣的辭彙就是為這樣的美人所造。

許多人一生都不會忘記無憂公主王嫮那比驕陽更絢爛的笑容……

淳安王的眼睛像一潭深水，看不出任何波瀾。他點點頭，說：「那阿姐就在佛前為我祝禱，等待我凱旋！我還是那句，只要阿姐不變，我也不會變！」

他的目光掃過四周，在人群中頓了頓，然後抽出長劍，高聲喝道：「出發！」

寧子薰不由自主的抖了一下身子……那目光像是羽箭穿透了她的身體。那目光是什麼意思？她又不是王嫥，不會玩眉目傳情那套。

龐大的隊伍發出震天的怒吼聲，鐵甲、馬嘶、車輪混合出一曲雄壯的軍歌。

站在高高城牆上的皇帝和太后目送著大齊的軍隊向南方出發。

小皇帝元皓顰眉，輕聲說：「這場戰役我們究竟有多少勝算？淳安王真的能帶回來好消息嗎？」

曾經是南虞公主的竺太后卻絲毫沒有任何情緒波動，她只是淡淡的說：「哀家倒覺得，淳安王戰死才是最好的消息！」

說完，她轉身走下城牆。

◎※※※◎※※※◎※※※◎

「我總覺得事情有點蹊蹺……！」小瑜皺著眉頭，手指輕敲桌案。

「唔，怎麼了？」寧子薰用小刀一邊削著木塊，一邊問。

「不知道為什麼，我就是覺得淳安王出征的時機不是很對。」

「唉，你真是喝醬油撒酒瘋！」寧子薰把一塊一塊的木頭安在「骨架」上，很快就弄出一個由許多小方塊組成的正方體。

「什麼意思？」小瑜皺眉問。

「閒（鹹）的唄！」跟人類混得久了，她也學會許多打醬油的閒話來。

小瑜一把將她手中的木方塊搶過來，好奇的問：「這是什麼東西？」

「這個嘛……叫魔術方塊！等我把顏色塗好了，就可以玩了。我就不信馬公公什麼都能玩得比我好！」寧子薰笑得一臉奸詐。

自從那天起，馬公公就時不時的過來跟寧子薰拚「遊戲」，寧子薰無一勝利。情急之下她就開始作弊，把這個時代還沒有的魔術方塊做出來，要殺一殺馬公公銳氣。

小瑜瞇起眼睛，又問：「這到底是什麼東西？」

「呃……從淳安王那裡看到的圖，無聊中記下來，就做了唄。」

看，連說謊都變得那麼流利了，學習的力量真偉大！

◎※※※◎※※※◎※※※◎

淳安王離開的第十天，秋雨綿綿，算起行程至少也走到離南疆很近的光州了。而此時，北方突然傳來一個讓人震驚的消息：二王子呼和圖趁大齊兵力空虛，率領二十萬鐵騎衝破北疆關隘，已進入大齊！

此消息一至，朝堂譁然，只要北狄衝破獅子關，那離京城就只有三、四天的路程！京中禁衛營被淳安王調走八萬，只剩兩萬人馬的禁軍怎麼抵擋得住二十萬凶猛的異族？

敵眾我寡，可淳安王的部隊再趕回來最快也得八天。到時城牆能抵擋得住北狄人猛烈的進攻嗎？

御史臺那些諫臣才想起來彈劾淳安王——抨擊他的政策和獨斷專橫。

早幹什麼去了？光知道彈劾，卻拿不出一點有建設性的意見，小皇帝一怒之下砍了兩個。

眾人才明白，現在主要是想怎麼抵擋北狄，而不是清算淳安王的帳。

朝臣們開了一夜的緊急會議，最後得出一個結論：死守待援！

如果棄城逃跑，自然跑不過一人帶三匹馬的北狄騎兵；如果北上迎敵，兩萬拚二十萬純屬自殺。所以，唯今之計，只能派快馬南下傳遞消息，然後死守待援。

這天，天剛剛亮，淳安王府的馬公公請求面聖。

小皇帝皺了一下眉，還是說道：「宣！」

工部接到緊急命令，集齊城中一萬壯勞力修築城防工事，到郊外砍伐樹木和抬石塊，準備守城戰用。

結果，還沒等東西準備好，北狄的前頭部隊已經趕到城下。北狄騎兵的速度果然恐怖，每個戰士都有三匹戰馬輪換騎乘，晝夜兼程。北狄的烏珠穆沁馬的確名不虛傳，耐力足、速度快，大齊的戰馬根本無法匹敵。

望見山坡滾起半天塵沙，北狄騎兵的響箭馬響尖銳刺耳，北城門守將張澤慌忙指揮軍士關閉城門，有許多民夫還來不及進城，就被關在外面。

北狄騎兵似乎是故意讓齊國人恐慌，冒著箭矢疾奔到城下，屠殺手無寸鐵的民眾，鮮血濺在城門之上，哭喊聲漸漸湮滅在鐵騎的馬蹄之下……城中百姓官兵聽後無不心驚膽寒。

張澤看著北狄人如此凶猛，早已嚇得心如擂鼓。

這時，身後突然傳來女子的聲音：「快開城門放他們進來！」

他一回頭，只見一把鋼刀架在自己的脖子上。一個穿著華美的女子正盯著他，面孔清秀而目光呆板。

「妳是什麼東西，竟敢命令軍爺？開了城門把北狄人放進來，妳能負得起責任嗎？」張澤一見是個弱女子，底氣十足強硬。

那女子眨了眨眼，突然伸手拎起張澤，猛地丟向城下，說了句：「那你也體會一下城外百姓的心情吧！」

張澤掉下去還正好砸中一個北狄騎兵，也算是死得其所。

接著女子從高高的城牆上跳下來，在兵士們的驚呼中翩然落地，輕盈得像一片樹葉。

正當眾人感嘆此女子輕功蓋世時，她卻一隻手托起幾百斤重的城門鐵栓……百姓和兵士們的眼珠子都快掉了一地。

危難之時，人性暴露，有人自然不免貪生怕死，制止道：「姑娘切莫開城門，萬一那北狄人衝進來，豈不傷到城裡的百姓？」

她咬牙一用力，把鐵栓扛了起來，說道：「這些不過是北狄人的斥候部隊，就算開了城門，他們也不敢進！沒有真正的大部隊支援，他們進來就會被捻成粉末！而外面的百姓再不救，就會被殺光了！都是同類，難道你們要看他們死光嗎？」

轟的一聲，她扛起三公尺多的鐵栓。城門終於開了，所剩無幾的百姓哭喊著湧入城內。

而北狄的少部分騎兵殺紅了眼，竟然還揮刀追殺不休。眼見一個跑在最後的老者就要被追上，那寒光閃閃的彎刀就要落了下來——

這時，迎面只見一個龐然大物猛地飛了過來，原來就是那根幾百斤重的大鐵栓，正好貫穿北狄騎兵的身體，戰馬不堪重負，一下被壓斷了骨頭，趴在地上直吐血沫子。

那個老者呆住了，連那些狼一般兇惡的北狄騎兵也都嚇傻了……

這……這得多大的力氣啊？

那女子衝出城外，一把拉住老者飛奔入城。

關門的巨響才震醒這些北狄人，北狄斥候的頭領大聲喊道：「撤退，撤到河對岸等候大部隊！」

斥候騎兵拚了命的逃，恨不得戰馬多生出一雙翅膀，好飛出大鐵栓的攻擊範圍……

得了性命逃回城的百十來個民夫把那女子團團圍住，叩謝不止。兵士們也不知是該感謝這姑娘，還是應該把她抓起來——畢竟她把守城的張大人弄死了。

就在這時，突然幾個太監分開人群，為首一個長臉老宦官喘著粗氣，指著那女子半天說不上話來。

還是一旁那個明眸皓齒的「丫鬟」吼道：「妳怎麼說跑就跑，連聲招呼都不打？害我們滿城找妳！」

「我聞到血腥味，來不及跟你們說，救人要緊！」她蹙著眉頭，神情說不出的嚴肅。

這時，百姓和兵士們都七嘴八舌的向他們講述這位「女俠」是如何見義勇為，救下這百十多個民夫。

長臉老宦官陰沉著臉說：「還不快回去，還有正事要辦！」

「嗯……」她目光呆滯的點點頭。

可是被救的民夫激動的不讓他們走，非要知道這位「女俠」的大名。

長臉老宦官被逼得無法，大聲喊道：「此位就是淳安王側妃寧氏，大家快點讓路給側妃，我們還有事要辦！」

一聽是淳安王的側妃，眾人都忙閃出道路，讓他們離去。

把寧子薰拎到車上，馬公公意味深長的說：「沒想到寧側妃的鼻子可真靈啊！從南城到北城的距離都能聞到血腥味。」

「呃……我預感著北狄的騎兵也快趕到京城了，所以才一時衝動跑了出去。我知道淳安王命令我藏在暗室中不准出來，可是……人命關天，也不能不救吧？」寧子薰很狗腿的把魔術方塊獻了出來，轉移馬公公的視線。

「咳，以後不要再私自出府了，萬一有什麼意外，王爺怪罪下來老奴可承擔不起……這個怎麼玩？」馬公公看著一臉嚴肅，其實就是個童心未泯的小老頭！

寧子薰殷勤講解魔術方塊的玩法，不一會兒馬公公就玩上癮了。要把所有顏色都歸回原位可不簡單，他轉來轉去玩得興致正濃。

這時，突然一聲巨響震天動地，馬兒被驚得不停嘶鳴，四蹄刨地。原本驚慌的行人都不知所措的四處張望，只見西城門方向冒出滾滾濃煙，遠遠的聽見一片廝殺之聲……

◎※※※◎※※※◎※※※◎

西城門守將董大勇正指揮兵士們奮勇抵抗，可眼前的景象也讓這位極有經驗的老將心驚膽寒——數以萬計的北狄人馬湧到城下，看來北狄人的前鋒部隊已經到達！

沒想到北狄人如此凶猛，剛剛趕到城下，連口水都不喝，馬上就進行試探性攻城戰！

這時，一枚飛龍炮彈正好落在城牆垛口，差點炸到董大勇。

他被身邊的兵士拉了下來，「大人，快下來！北狄人的炮火太猛了！」

董大勇擦掉一臉灰，說道：「娘的！這幫北狄狼，真是太可惡了！給老子頂住，我已派人請求支援了！」

「董大人，援軍好像到了！」一有個兵士指著不遠處。

董大勇瞇起眼睛，看那些人根本不是兵士打扮，領頭的是個女子，生得傾國傾城……似乎在哪裡見過？

這時，那女子突然舉起彎弓，一箭射了過來……正好射中董大勇帽盔上的紅纓！

靈光一閃，他終於想起此女是何人了，不由得驚呼：「無憂公主！」

無憂公主一聲嬌叱，那些早就隱藏在京城的北狄高手舉著武器衝了過去！這些人是化妝成無憂公主和海都王子的隨從來到京城的。

無憂公主等這一天已經等了十幾年，她絕對不會放棄這個機會！一聲令下，所有人都衝向城門，等在城外的是幾萬北狄戰士——她的夢想，只有一步之遙，打開這座城門之後，就是勝利！

「衝啊！」她舉起手中彎刀一馬當先，烽煙滾滾中，她目含怒火，像是從地獄歸來復仇的羅剎魔女！

轉眼間，這群人已殺了無數守城的兵士。董大勇這時已看明白，京城……守不住了！援軍向西門趕去，可是為時已晚。無憂公主已經打開了西門，北狄騎兵像潮水一般湧了進來，四處都瀰漫著血腥和硝煙的味道。

聽著齊國人的慘叫聲，無憂公主脣邊不禁綻開笑容，她說：「北狄的勇士們，來吧！踏平這座罪惡之城！」

二王子呼和圖已率人馬衝了進來，他見到無憂公主第一句話就是：「我大哥呢？」

無憂公主衝他嫵媚的一笑，撫胸施禮道：「按事先說好的……用了鴆毒！我至高無上的汗王！」

呼和圖一把將她抱到自己馬上，低聲咬著她的耳朵：「若不是妳說懷的孩子是他的，他也不會乖乖當棋子，還演這齣戲！」

無憂公主把手輕輕搭在平坦的小腹上，目光卻望向那片金碧輝煌的建築群……

北狄的兵馬橫掃整個都城，兩萬守軍不戰而降。北狄軍隊從西門漸漸逼近皇宮。眼見京城已被攻破，還有誰會死守皇宮？北狄的軍隊衝入輝煌的宮殿，這座奢靡華麗的皇宮把這些住氈帳披獸皮的北狄人驚呆了。

有些人已經按捺不住，伸手去拿那些奢華的金銀飾品。一名兵士剛把金佛從佛龕中拿出來，只見一痕秋水般的長刀從眼前閃過，然後鮮血猛地竄出了半公尺高，兵士拿金佛的手被齊腕砍了下來。

一聲慘叫，金佛掉下，卻被二王子呼和圖接住。他甩掉手中長刀上的血跡，不理會那兵士滿地打滾的慘叫，把金佛放回佛龕。

轉身望著那些驚訝的兵士，他說道：「這座皇宮是木汗許諾給汗妃的！有誰敢亂動，這就是下場！」

「是，呼和圖汗！」

兵士們垂下頭，聲音震天，在空曠的金殿內迴響。

找遍了整座皇宮，卻未找到太后和皇帝，這簡直是不可思議的事情！難道他們還能飛了不成？

王嫪咬牙道：「給我一寸一寸的翻！我就不信他們能跑得了！」

這時，外面的兵士進來稟報：「大汗，撒蘭的隊伍在北門附近的街市上被……被人阻擋住了，還未到達皇宮！」

呼和圖皺眉，撒蘭是他手下大將，萬夫莫敵，會被什麼人阻擋住呢？

「就算是綿羊，被惹急了也會用角頂撞，何況齊國兵將？領兵的是齊國哪位將軍？」

兵士張了張嘴，羞愧的低下頭說：「是……是一個女人。」

呼和圖騰的站了起來，眼中冒火！撒蘭搞什麼鬼，幾千鐵甲被一個女人攔住？是什麼樣傾國傾城的美女能讓他的大將骨頭酥軟到拿不起彎刀？

他吩咐道：「哈只，你封鎖皇宮，繼續搜尋齊國皇帝和太后的下落。我倒要看看什麼樣的女人絆住了撒蘭！」

一旁的王嫣說：「臣妾與大汗同去。」

呼和圖攬住她的纖腰，說：「小心身子，別動了胎氣。」

「草原上的女人，哪個不是一生顛簸？我沒事的。」

北狄王騎簇擁著他們倆朝北門方向進發，原本繁華熱鬧的街市空無一人，只見一個女子手舉長三公尺的鐵門栓站在路中央，一輛馬車停在道路旁，一個年老的太監和一個美貌「少女」面色凝重的站在一邊。

她四周已堆起了半人多高的屍體，不遠處，密密麻麻的北狄兵士像螞蟻般擁擠在一處，卻沒有人再敢向前踏出一步。

那個女子背對著他，看不清模樣，只能看到竹青色的長裙上染滿了血跡……

呼和圖不禁大怒，喝道：「妖女，妳是什麼人，竟敢阻擋北狄大軍？」

那女子回過頭，臉上也是血跡斑斑。她突然看到呼和圖身邊的王嫣，呆滯的目光湧出訝色，說道：「無憂公主，妳怎麼被抓了？」

呼和圖差點從馬上掉下去……全京城的人都知道王嫣背叛齊國了好不好！這位大力神姑娘，妳什麼眼力啊？

無憂公主尷尬的面色一僵，隨即開口道：「寧子薰，我倒是沒想到妳原來還是個悍將，難怪淳安王獨獨沒有把妳廢掉。事到如今，妳還沒看出來嗎？大齊已然亡國了！勸妳還是放下武器吧。我們的先頭部隊十萬鐵騎已把都城踏平了，用不了一天，後援的十萬人馬也將到達，齊國空虛，等淳安王率兵趕回來時，我們已占領了大部分齊地。前有北狄，後有南虞，他腹背受敵，能挺多久？」

寧子薰側頭，想了想，轉過身對小瑜和馬公公道：「那……咱們投降吧！」

「咚……」兩人齊齊摔倒！

雖然殭屍疼感不明顯，可寧子薰知道，她撐不了多久了。她的心跳越來越快，來自手臂的疼痛和渾身的痠麻感也逐漸傳導至大腦。她一人能敵得過十萬人嗎？她可以戰死，但這樣有什麼意義？

身為戰士，她的導師告訴她，服從命令是戰士的天職，但如果妳的指揮官是豬，那就可以忽略這個使命！為殭屍聯盟保存最後的戰鬥力才是最終的任務。

淳安王那隻豬，怎麼配她犧牲性命？

於是，寧子薰又體驗了一把這個時代普通人體會不到的事情——坐囚籠。

雖然這個囚籠她輕輕一捏就能捏碎，但她不會做。她是能逃走，可馬公公、小瑜又該怎麼辦？胸口那枚來自白毛殭屍的血色結晶傳來陣陣涼意，握在手中感覺舒服不少。

為了防止這個危險的犯人傷到王嫮，北狄兵士為寧子薰套上鐵製刑具，然後才把她送進皇宮。

寧子薰覺得這簡直是對她的侮辱！怎麼樣也得弄套精鋼吧？區區熟鐵能困住她嗎？

夜色如水，王嫮披著一件翠鳥腹羽織成的斑斕大氅站在玉階之上，皇城燈火點點，那是北狄兵士們在巡邏。隱隱傳來胡歌羌笛之聲，看來北狄人對占領大齊很是得意。

象徵著皇權的玉璽把玩在佳人如玉的柔荑上。王嫮衝寧子薰嫣然一笑，黯淡了天空的繁星。她說：「大齊……終於握在我手中了！」

寧子薰擰起眉頭，說：「這塊石頭不是大齊。」

「用它就可以號令整個大齊！」王嫣得意的說。

寧子薰側頭，不解的問：「為什麼這麼做？妳和淳安王不是『狼情竊意』嗎？」

王嫣冷笑道：「因為我恨朱璃氏，恨齊國！如果不是朱璃臨瓊，我的父母不會慘死，我也不會被迫遠嫁異鄉！我要把我所受的屈辱十倍百倍奉還給他們！」

「選擇……」寧子薰抬起頭，用憐憫的目光望著王嫣，說道：「這一切都是選擇的結果！當初妳父母選擇投靠二皇子禹光，就要承擔失敗的結果。而妳……為了能活下去，選擇嫁給北狄奧魯赤汗。人生選擇什麼就必須承受什麼，得到什麼就會失去什麼。選擇決定命運，不要把一切都歸罪於妳的敵人，命由己定，與人無尤！」

王嫣瞇起眼睛，顯然已有怒意。不過，她依然保持著優雅的風姿，說道：「妳說得不錯，選擇很重要，所以我覺得我現在的選擇真是無比正確！妳看，大齊的三分之二已經歸我掌控了，只要打敗淳安王，整個大齊和北狄都會匍匐在我的腳下！」

就在這時，遠處傳來震耳欲聾的馬蹄聲，王嫣不禁大喜，緊緊握住手中的玉璽，道：「北狄的大部隊到了！」

這時，呼和圖從宮殿中走出來，披著　身屎黃色的袍子，上面還繡著一隻大個兒「蜥蜴」。真是其心可昭啊！

他也面露喜色，攬著王嫣的手說：「咱們到皇宮城樓上去，等會兒軍隊入城，就可以看到我們北狄軍隊的雄姿了！」

當然，扛著三百斤鐵鎖的寧子薰也厚顏無恥的跟著上了城樓。

◎※※※◎※※※◎※※※◎

守城的北狄軍官打起火把，照見城下高舉北狄旌旗的隊伍，他高聲用北狄語問道：「叫你們的頭上前答話！」

只見一個身材魁梧、滿臉鬍鬚的北狄壯漢催馬上前，高舉手中金牌，喝道：「奉呼和圖汗之命從西路趕到齊國都城，怎麼不認得汗王金牌嗎？快點開門放我們將軍進去，還有要事向汗王稟報呢！」

看到那繪有北狄文字的金令牌，守城軍官根本沒有懷疑，忙命人打開城門。

軍隊進入城門，當守城軍官剛向「友軍」伸出雙手，表示歡迎之際。一枚暗器正中他的額心，他還沒明白怎麼回事，就糊裡糊塗的見閻王去了。

守城的兵士們一下子全傻了，還沒弄明白怎麼回事，如潮水般湧進來的軍隊已把手中的北狄旗幟踩在腳下，額頭上繫起紅色帶子，大開殺戒。慘叫聲、廝殺聲驟然而起……

所以說，歷史總是驚人的相似，當你用自以為聰明的辦法對付敵人時，要小心別人以其人之道還治其人之身。

站在城外半坡之上的黑衣男子，渾身散發著冷冷的煞氣，他正瞇著眼睛緊盯四處烽煙的大齊都城，心中則算計著：一天之內連遭兩次攻擊，只怕修繕費用也需要一大筆銀子！

My Zombie Princess

第2章
天然呆和愛無能

直到喊殺聲和濃煙升起，呼和圖和王嫣才意識到出了大事！

那些根本不是北狄後援部隊，而是齊國軍隊！王嫣不敢相信，這些齊國軍隊是從哪冒出來的？淳安王就算再快，也不可能在三天之內趕回都城啊！除非……

她的瞳孔緊縮，面孔蒼白得無一絲血色。

除非……這本身就是一個局中局！

汗王一死，她就分別勾引了大王子海都和二王子呼和圖，把自己吞併齊國的構想灌輸給他們，令他們上演一場兄弟相殘、爭奪王位的大戲。

她以北狄內亂為餌，引淳安王入局，回到齊國。趁淳安王南下平虞，與二王子呼和圖約定好，十日為限，他帶兵突破極為脆弱的北疆防線，打到國都。原本以為這片錦繡江山已入掌中……原來啊，只是一場繁華春夢！

她設的局之外，是他精心編織的更完美的局！他不是如此快的從南疆回來，而是根本就沒去！

這個男人……心思真是太深沉、太可怕了！

忽然間，王嫪想起當年朱璃蒼舒跪在成祖面前低聲說：「給王嫪的情詩是兒臣所寫！」

那時，他的目光也一樣，沒有一點溫度，看不出一絲波瀾。就算被成祖狠狠責罰，他依然緊咬牙關，不吭一聲。

她甚至懷疑，這個男人真的愛過她嗎？

此時，淳安王蒼舒像一尊雕像矗立在山頭，眺望京城，任憑狂風捲起黑色的長袍。

天空漸漸泛起白光，只剩幾顆殘星和皎月，餘下無力的慘白。四周的景物緩緩褪去夜的輕紗，現出清晰的輪廓。當金燦燦的朝霞染紅了天際之時，城中的戰鬥已經結束。這一天，註定是個改寫歷史的日子！

二十萬齊兵在城中剿滅十萬北狄軍簡直是易如反掌之事，北狄的騎兵在街巷之中根本發揮不出戰鬥力，更何況城中的百姓也奮起抵抗，到天亮之時，十萬北狄軍基本上已被消滅殆盡，只剩被包圍在皇宮中的一小部分。

武英侯寧亦風盔甲上血跡斑斑，上前施禮：「請王爺入城。」

淳安王微微頷首，騎著五明馬緩步入城。只見兵士和百姓們把北狄人的死屍抬到馬車上，一車一車的往外拉，地上都是乾涸的鮮血還有未散盡的硝煙味。

淳安王皺眉，說道：「派三萬兵士，發刷子水桶，清洗全城街路！」

「是！」一旁的武英侯忙答應著。經過這一戰，就算他不想承認，在別人眼中他已經成為淳安王這一派的人了，況且淳安王如此深沉的心機也讓他有些不寒而慄，哪裡還敢不從？

皇宮被齊軍團團包圍，呼和圖只剩下驚慌失措。他站在皇宮城垛處朝下望去，能看到的只是如潮水般湧動的人海，還有隨風飄揚的齊國旗幟。

「我的十萬大軍到哪去了？怎麼還沒到達？現在怎麼辦？淳安王會殺死我們的！」

他已經完全陷入狂亂中，而反觀王嫮卻冷靜得讓人感到可怕。

寧子薰被一鉈鐵鏈捆成粽子狀，孤零零的站在城頭，很是醒目。淳安王抬起頭看向她，不由得微微擰起眉頭……

這時，武英侯的兒子寧子葶引著一行車隊緩緩到達，馬車上是太后、皇帝和七王爺。

他們當然不在京城中，當時馬公公入宮把淳安王的密信呈給皇上和太后，他們方知這是淳安王聲東擊西的計策。小皇帝元皓無比窩火，怎麼這麼大的事他這個皇帝竟然是最後一個知情的，連個太監都比他早知道！

不過事已至此，他還能怎樣？總不能等北狄人進來抓住他這個皇帝吧！於是緊急跟著馬公公出宮，到京郊已準備好的山莊藏好。

武英侯的長公子寧子葶被派去保衛皇帝、太后和七王爺的安全，小皇帝望著那張與寧子薰頗為相像的面孔，目光中多了幾分耐人尋味的「猥瑣」，讓寧子葶心裡毛毛的，對小皇上的性取向有了深刻懷疑。

直到整個京城的局勢被控制住，淳安王才派人去請皇帝、太后還宮。

看到最顯眼處的明黃色車仗，呼和圖知道大勢已去，他突然看到一旁的寧子薰，猛地拔出腰間長刀架在她的脖子上，衝下面喊道：「淳安王，放我們走，否則我就殺了你的女人！」

淳安王不禁瞇起眼睛，催馬上前，說道：「強弩之末，還不下城投降？」

「你如果不放我們，大不了同歸於盡！」呼和圖吼怒著，刀刃逼在寧子薰雪白的脖子上，一道鮮血蜿蜒而下。

淳安王沉目說道：「做我的女人，就要有面對死亡的準備。如果不夠強，就沒資格站在我身邊。你可以殺了她，不過，本王會為她報仇的，本王要把你身上的肉一點一點割下來，分給城外的每隻野狗！」

呼和圖聽到他這番話，握著鋼刀的手不停顫抖，他知道一點希望都沒有了，既然如此，他就讓這個女人為他陪葬！

呼和圖面色愈加猙獰，突然用力握住鋼刀猛地砍了下去……

只聽到一聲金屬碰撞的鏗鏘聲響，眾人看到皇城上的一幕都不禁驚呆了：只見寧側妃猛地用力把鐵鏈掙斷，一塊十斤重的鐵鎖正好砸在呼和圖的臉上，一股鮮血竄到半空中。他一翻白眼，隨即從牆樓上掉了下來。

不用問了，當然死得很透很透……

宮門前廣場上的幾萬兵士傳來的驚呼聲十分震耳，寧子薰也捂住嘴探頭向城牆下望去，無辜的說：「真不是故意的！我還沒動手呢……」

寧子薰再抬頭看向王嫮，只見她的臉色如紙，顫抖著癱在地上。

而那些負隅頑抗的北狄兵士見王子已死，便豎起白旗全部投降。如雷般的歡呼聲響徹天際，皇帝、太后還有攝政王在眾人的簇擁下進了皇宮。

淳安王拾階而上，走到城樓之上，目光中浮著冰冷。

他一步一步走向王嫣，王嫣抬起頭，絕望的目光中呈現一片死灰。

淳安王開口道：「阿姐，妳還記得我曾對妳說的嗎？只要阿姐不變，我亦不變！我已經給了妳兩次機會，我說過能保妳一世平安，可妳……卻偏偏選擇一條不歸之路。」

王嫣抬起頭，迷惑的看著他，說：「當年寫情詩給我的人真的是你嗎？蒼舒？」

她從懷中珍重的取出一張泛黃的桃花箋，上面寫著：蘭有秀兮菊有芳，懷佳人兮不敢忘……

淳安王嘆了口氣，說：「是睿景！情詩是睿景寫的……當時父皇已然大怒，如果真知是睿景所寫，他會沒命的！所以我就替他認了下來。」

「睿……景！」王嫣瞪大了眼睛，目光中有著錯愕、震驚和深深的懊悔，混雜著淚水流了下來。

她突然撲到城垛邊，向下望去，只見睿景正把木車停在呼和圖的屍體邊查看，面色無比嚴峻。隔著高高的圍牆，她依然能感受到睿景失望而痛心的目光。

她站了起來，回過頭對淳安王說：「我一直以為，喜歡我的那個人是你，而睿景只是把我當成姐姐。我恨朱璃氏，可獨獨不能去恨睿景，因為他對我來說是特殊的……替我向睿景說聲對不起，除了傷害，我從未給過他任何留念！最後求你一件事，把我埋在我爹娘墳邊！」

說完，她一縱身跳了下去，手中還緊握著那張詩箋。

寧子薰下意識的追了過去，腳步剛一離開地面，卻被淳安王拉住。她很懊惱，心想：人家都會「飛」了，幹嘛跳出來礙事阻止人家？

「妳瘋了嗎？非要在本王面前死一回才甘心？」淳安王在她耳邊冰冷的說著，手卻死死抱住她的纖腰。

「阿姐——！」

城下傳來七王爺睿景的慘叫聲。

淳安王和寧子薰向下望去，只見睿景跌倒在地，朝王嫣的方向爬去。他抱住王嫣失聲痛哭，喃喃道：「妳為什麼這麼傻！」

他的手觸到王嫮的頸部，突然大喊道：「快來人，她還沒死！」

◎※※※◎※※※◎※※※◎

七王爺守著王嫮不眠不休已整整三天三夜，可是王嫮卻一直沒有醒來。

寧子薰知道，人類的身體十分脆弱，王嫮摔成植物人都已經算是很幸運了。

一切終於塵埃落定，淳安王來看七王爺，短短三天，他憔悴得十分厲害，英俊的面孔滿是失望和疲憊。

他凝視淳安王，低聲問道：「六哥，當初為何騙我，說你也喜歡她？若你沒說那樣的話，我不會放棄阿姐的！都怪我……是我沒有堅持，是我害了她！」

淳安王垂下眸子，看著躺在那裡像是睡著了般的王嫮，眼底閃過一抹獰色，說：「你知道她是什麼樣的人，你的善良會害死自己，也會害死其他人！」

「六哥！」睿景抬起頭，聲音顫抖著。

淳安王面色冷峻，低聲道：「別說你沒察覺到！呼和圖死之前就已經中了慢性毒藥，而且她也根本沒懷孕。害死她的，是她的野心！」

睿景拉住淳安王的衣袖乞求道：「六哥，求你放過她，她現在只剩一口氣，不會再做任何危害齊國的事了！」

淳安王面色依然如寒冰，兩人對視著。

看到睿景眼中的決絕和毫不退讓，淳安王緊抿薄唇，半晌才吐出幾個字，道：「為這個女人，值嗎？」

睿景苦笑道：「值不值我也說不清，只是這麼多年都忘不了她，她的一顰一笑，她對我說過的每一句話……都忘不了！這輩子……心裡再也裝不下別的女人了……六哥，你打我罵我都行，只求你饒她一命！」

「白痴！」淳安王狠狠一拳擊在他的胸口，轉身而去。

寧子薰憐憫的看著七王爺，但也只得像隻小狗一樣跟在淳安王屁股後面離開。

殭屍雖然不懂什麼是感情，可也能感覺到那一刻七王爺身上散發出來的沉重和悲痛。原來愛一個人感覺就是……痛苦。

——人類，真是喜歡自虐！

她偷偷望了一眼淳安王，那冷峻的側臉不帶一絲溫度。寧子薰覺得，只有淳安王這座冰山才是真正能夠超越人類情感，做到不喜不悲的偉大存在！

過了幾天，王嫣的情況穩定了，不過依然是昏睡狀態。七王爺向皇帝、太后、攝政王請辭，要回封地，攝政王沒有阻攔，賜了幾個穩妥的人服侍他左右。

臨行前，七王爺和淳安王談了一次話。雖然不知道兩人談了什麼，可寧子薰卻敏感的覺察到淳安王看她的目光有些異樣。

七王爺最後一次邀寧子薰來杏花天，他依然坐在竹榻上，手中一杯清茶，只是眼中的淡然卻換成了踏實堅定，沒有絲毫迷茫和猶豫——只有找到真正目標的人才會如此決絕。

只是淳安王府上下一干女子卻更加傷感……

這個溫潤如玉的王爺走了，還有誰能慰藉大家寂寞的心靈？她們那位正牌主子是看一眼都會被凍住的冰山，可沒有哪個膽大的敢覬覦，尤其是在眾多與淳安王有關係的女人都莫名其妙的「出事」後！

淳安王這回又多了個外號：美人殺手！

與他有關係的都是美人——京城第一花魁月嫵、名媛代表雲初晴、大齊第一美人王嫣……結果都出了事。

當然，寧子薰例外，早被歸到不正常人類那堆去了。

七王爺揉了揉阿喵那毛茸茸的腦袋，輕聲說：「我不在時，幫我好好照顧阿喵……還有六哥！」

「阿喵我可以幫你照顧，至於淳安王，我出現在他面前只有兩個結果……」寧子薰無奈的攤開雙手，「他懲罰我，或我被懲罰！」

「這兩樣有什麼區別嗎？」七王爺忍俊不禁，最後的歡樂時光他怎能錯過。和寧子薰在一起時，留下的都是充滿陽光的回憶，他會記得一輩子。

「一是淳安王手癢，所以『主動出擊』來懲罰我；二是我皮癢，主動去受虐！那次裝貓的行動不就是因為七王爺你……根本不準的情報，結果我就被淳安王虐了一回！」寧子薰瞪著他幽幽的說。

「好吧好吧，算我錯了，這一箱子武林秘笈算我的賠禮可好？」七王爺忙送上書篋，以撫平殭屍的怨氣。

聽說是武林秘笈，寧子薰眼睛發光：學習了古武，不就天下無敵了？

她心中竊喜，高興的搶過書篋就要打開，卻被七王爺止住，他說：「這種秘笈要偷偷一個人看哦！萬一被別人看到妳有這麼厲害的『武林秘笈』，會被搶的！」

「哦……」

寧子薰試圖把書篋塞進袖子，發現不行；又想塞進裙子……七王爺捂著嘴笑得眼淚都快流出來了。

唉~欺負天然呆的日子已經不存在了，他明日就要回封地去了。不過想到王娉終於只屬於自己，他心中又平復了許多。

寧子薰終於想出辦法把書篋裡的書本全都拿出來塞進衣服與肚子之間，然後拍了拍壯觀的肚子，剛要自誇，卻發現七王爺靜靜的坐在那裡，表情溫柔，手中撫摸著那枚白玉釦子。

寧子薰「端」著「肚子」費力的走過去，小聲說：「七王爺……我講個故事給你聽好嗎？」

七王爺抬頭，看到她那「宏偉壯觀」的肚子，忍著笑說：「好……」

「很久很久以前，在一個遙遠的國度，有一位公主。她的皮膚白得像雪一般，雙頰紅得有如蘋果，頭髮烏黑柔順，因此，國王和王后就為她取名為白雪公主……」

好吧，其實這是一直在人類與殭屍中流傳的童話故事《白雪公主》！不過，人類的版本是王子愛上了被毒蘋果毒死的白雪公主，然後把她的水晶棺材運回皇宮。這時，抬棺材的人腳下被樹根絆到，棺材顛簸，白雪公主喉嚨裡的毒蘋果掉出來了，所以她醒了，跟王子過上幸福快樂的生活。

而在殭屍版本中，人類王子是個戀屍癖，把已經成為殭屍的白雪公主搶走。殭屍公主其實過得很不幸福，她被人類捆綁拘禁毒打，終於有一天，她藏起一根用來刺她的針，當王子走到她跟前時，她用針刺中王子咽喉，然後趁亂逃出城堡，過上了喝血吃肉幸福快樂的生活……其實這個故事是用來阻止某些還殘存人類感情的智慧殭屍與人類發生戀情，跨物種的戀愛是絕對被禁止的！

當然，寧子薰講的是殭屍版。

七王爺聽得臉越來越綠，制止道：「妳還是有話直說吧！」

「呃……七王爺，我希望王嫣能夠甦醒，可有一天萬一……萬一王嫣不能醒來變成屍體，希望你也能讓她入土為安，不要做什麼逆天的事哦！」寧子薰對著手指。

其實她也是為七王爺好啦！殭屍屍變會很恐怖的，七王爺那麼弱，根本就是殭屍的「營養早餐」。

他……有那麼變態嗎？戀屍？七王爺瞥了她一眼。當然，如果屍體都跟她一樣，也許……有可能。

七王爺淡定的點點頭，說：「我知道，以後要幫我好好照顧六哥。其實，接觸多了妳就知道了，他沒有看上去那麼冷！」

禍水東移，寧子薰這傢伙還是交給六哥管教吧！天然呆和愛無能，其實是很有看頭的……可惜他沒機會看到了！

寧子薰回到斑淚館，忙不迭的把書藏到床底。

小瑜疑惑的問：「妳藏什麼呢？」

「七王爺給的書！」寧子薰幸福的說。

七王爺……大概是留給她一些醫藥方面的書籍吧！小瑜嘆了口氣轉身出屋——他也有他的煩惱。

他正努力學著如何控制感情，而寧子薰就是他控制的目標！每次看到她和七王爺在一起那麼開心、那麼快樂，他都會生出妒忌之心……這樣不行！他是道士，怎麼可以任憑七情六欲控制他？所以這次與七王爺最後的見面他沒有跟去。

他默默唸道：「天地一指，萬物一馬；形固可使槁木，心固可使死灰；不以心捐道，不以人助天，是為真人也……」

心如止水，他，大概能做得到吧……

終於到了晚上，寧子薰迫不及待的偷偷摸黑學習，不過圖上都是兩個人滾在一起，做出各種奇怪的姿勢……寧子薰深深感到受騙，這種滾來滾去的野蠻打法根本打不死人嘛！看了兩頁她就看不下去了，統統裝進箱子塞進床底。

◎※※※◎※※※◎※※※◎

送走了七王爺，淳安王和小皇帝迎來了前所未有的忙碌。

原來呼和圖心心念念的那十萬人馬根本還沒進大齊，就被埋伏在北疆的淳安王殺得片甲不留，然後淳安王帶兵趕回京城，才有以上的故事。

北狄的兵力幾乎被打得消失殆盡，淳安王命大將軍王朗率十萬人北上剿滅北狄殘匪，把整個北狄的疆土納入大齊版圖，整整為大齊增設了十三個州府！並且用北狄的烏珠穆沁馬武裝了整個大齊的騎兵營。

因北狄地域寬廣卻人煙稀少，遊牧民族都是逐水草而居，為了更長遠的控制新地盤，所以淳安王又計畫從雲州、燕州等四個州府遷徙百姓填新十三州。

朝廷頒布聖旨，只要百姓肯到新十三州開墾耕種，所開墾的耕地都歸百姓自己所有，而且五年不收任何賦稅。官府還出五百錢車馬費給遷徙的百姓，所以北方百姓都踴躍前往。

一時間，淳安王原本不怎麼好的名聲竟然力挽狂瀾般一路飄紅，無論是百姓還是朝官，都稱讚淳安王為大齊開疆擴土厥功至偉。

連帶著寧子薰也被褒獎，大家似乎都忘記了她是「傻子」，都只記得她扛著三百斤的大鐵栓屠殺北狄騎兵的英姿。於是乎，民眾沸騰，都上表請淳安王立寧子薰為正妃。

看到這種狗屁奏摺，淳安王多數都黑著臉「留中不發」。當然，也有無恥小人趁機向淳安王推銷自家的存貨。天生麗質、秀外慧中的美人圖堆成了小山，比奏摺還多，多到阿喵在裡面做了個窩……

而自從七王爺回了封地，喵爺就把窩搬到了麟趾殿，偶爾高興才駕臨斑淚館騷擾一下寧子薰。

後來太后也親自出面，開了個水仙花會，邀請三品以上官宦的名媛入宮賞花，席間又把淳安王請了過來。淳安王這塊肥肉當然就成了「惡狼」眼中的美餐，那些炙熱的目光，饒是淳安王冰山般的淡定也差點被烤化了。

席間眾閨秀大展身手紛紛獻藝，有跳舞的、有撫琴的、有對詩的、有畫畫的……淳安王想逃都逃不出去，因為太后設的是圓場賞花，她親自坐在門口監督，淳安王只好黑著臉一直坐到散會。

第二天，淳安王親自請旨，立寧子薰為妃，以斷絕麻雀般的騷擾戰。於是寧子薰這個沒頭腦的殭屍，竟然在半年不到的時間裡轉正成了淳安王的正牌王妃。

對於寧家來講，這個消息簡直有點匪夷所思。

武英侯捏著鬍子半天沒說話，武英侯夫人聽了喜極而泣；其他姨娘，尤其是三姨娘一臉的嫉妒之色。

而奶娘方氏則皺眉說：「是不是找人看看小姐的八字？真是好得太嚇人了！」

對傻子寧子薰成為淳安王王妃的這個事實，在淳安王府並沒有遭到太多非議。因為淳安王那種冷冽的性格，沒有人敢於議論。再加上在這次危難中，寧子薰又顯示出非同常人的勇氣——主要是恐怖的力量——贏得了百姓的心。

最後……深得淳安王信任的總管馬公公都倒向了寧子薰，還有誰敢得罪她？

至於寧子薰怎麼讓不苟言笑的馬公公都對她讚賞有加，這著實是個謎，許多人都猜不透。

成為王妃，是不是預示著她離成功更近了一步？當寧子薰把這個消息告訴小瑜時，小瑜不禁皺緊了眉頭，表情說不出的古怪。

「怎麼，你不高興？」寧子薰湊上前去，瞪著無辜的大眼睛看著他，鼻尖都快貼到他的臉上了。

一股淡淡的香味襲來，小瑜臉一紅，忙向後退了一步，轉頭道：「我有什麼不高興的？」

「騙人！你經常生氣，如果不是生氣就是生病了，讓我摸摸！」寧子薰強貼上去用手捂住他的額頭，感覺溫度不高才放下心來。

不過小瑜卻更加不高興了，正在掙扎之際，外面稟報，說武英侯夫人來了。

武英侯夫人和方氏帶來一大包寧子薰以前最喜歡吃的東西。當然，見到寧子薰，武英侯夫人又少不了一頓眼淚，哭得寧子薰不勝其煩。

她看到女兒穿了一身華貴的王妃禮服，不禁感慨道：「薰兒呀，沒想到妳真是命好！死而復生不說，還一路從侍妾爬到了正妃！娘看出來了，淳安王雖然性子冷了點，可對妳是極好的，以後要恪守婦道，再給王爺添個小世子，那妳在王府的地位就穩住了！」

婦道？是什麼東西？寧子薰對不知道的東西一概忽略。

聽武英侯夫人說淳安王對她不錯，她十分不認同，不過那些小事雖然對殭屍的傷害值來說根本等於零，她都已經大度的在心裡「原諒」淳安王了，例如逼她吃鹹魚……

方氏握住寧子薰的手，瞇起眼睛低聲說：「大小姐，幹得好！沒想到大小姐大智若愚，不聲不響就把那個花魁和雲家丫頭都幹掉了！現在最重要的是，趁王爺身邊沒有其他女人，好好把握機會，快點生個小世子！」

呃……其實她真的什麼都沒幹！月嫵和雲初晴甚至是王娉，都是淳安王自己「幹掉」的。她是內心純潔的殭屍，才沒有傷害別人呢！

這時，外面又稟報說大舅爺來了。

寧子薰眨眨眼睛，只聽說過「大姨媽」來了，不知道大舅爺是什麼東西。

她剛要開口，小瑜暗中踢了她一腳，趁武英侯夫人和方氏回頭之際低聲在她耳邊說：「是妳大哥！」

寧子薰翻了個白眼，忙站起來。只見一個頎長的儒雅男子走了進來，看長相跟她十分相似，因為在軍旅歷練過，行止間更帶些硬朗氣度。

他見母親也在，不由得愣住了。

武英侯夫人卻依然「天真」，微笑道：「葶兒你也是聽說薰兒被冊為正妃，前來恭喜的吧？」

寧子葶咳了一聲，點點頭，說：「早就想來看看妹妹，只因被派到京郊營區，軍務繁忙不得回京。現在調入皇宮禁軍，時間比較充裕……」

「呃，多謝哥哥。」寧子薰不太善於跟「陌生人」交流。

眾人落坐，寧子葶卻很沉默，只聽武英侯夫人和方氏在不停的說話。一旁的小瑜看著欲言又止的寧子葶，不禁瞇起眼睛。

不一時，侍女前來獻茶，小瑜端著一杯茶送到寧子葶面前。突然，一不小心跌倒，茶水正好灑在寧子葶的身上……

「對不起寧舅爺！請饒恕奴婢！」小瑜惶恐的跪下。

「沒什麼事。」寧子葶擺擺手。

小瑜忙道：「請舅爺到後室，把衣服擦乾淨。」

寧子葶只好跟著小瑜來到後面的淨室，小瑜拿出乾布來用力揉擦，差點擦到寧子葶的重要部位，寧子葶不由得面色緋紅，制止道：「姑娘，還是我自己擦吧！」

小瑜抬起頭，瞇著眼睛道：「舅爺，是宮中派來的吧？」

寧子葶不由得一驚，他沒想到這個「少女」竟然如此聰慧，便仔細打量眼前這個長相嬌美的「少女」。

他的打量卻遭到一記冷視，寧子葶羞赧的移開目光說：「是皇上派我來的，有事跟子薰商量。」

「皇上？」小瑜不由得皺眉，寧子薰怎麼跟皇上扯上關係了？難道皇帝也知道太后的計畫？

他哪裡知道小皇帝與寧子薰在佛樂山相識的經過，還以為是太后那邊說的。

他開口問道：「究竟是什麼事？」

「這……就不勞姑娘相問了。我得親自告訴子薰。」寧子葶很堅決。

沒想到武英侯投靠了淳安王，他兒子倒成了小皇帝的人，這一家可夠詭異的了。

小瑜點點頭，轉身出去叫寧子薰。

寧子葶看著「她」的背影，若有所思……

My Zombie Princess

第3章

小殭要圓房

不一時，寧子薰鬼鬼祟祟的溜了進來，很有職業小偷的樣子。寧子葶不由得皺起眉頭，自從妹妹出嫁後好像就變成了別外一個人，怎麼看起來格外的……猥瑣？

「呃……哥，你找我什麼事？」

看，連說話的風格都變得奇怪了，難道家裡人都沒注意到？就算子薰變成傻子，可說話的風格是不會變的呀！寧子葶不由得仔細打量起寧子薰。

這一打量，看得寧子薰都不自然了，用手揉了揉鼻子。

寧子葶這才開口道：「哥如今替皇上辦事，皇上讓我傳密旨於妳，暗中監視淳安王的一舉一動，若有異動，馬上稟報皇上。喏，這是皇上給妳的專用信鴿，只要寫了密信，牠自然會識得路回到皇上那裡。」

寧子葶從袖子裡掏呀掏呀，掏出兩隻腳上套著金環的灰色鴿子。牠們很乖巧的伏在桌上，偶爾發出低沉的咕咕聲。

寧子薰兩眼放光……好可愛的……肉呀！她不禁嚥了一下口水，一想到她現在「轉正」，不能吃血食了，又不由得把爪子收了回來。

不過寧子薰卻覺得小黃瓜……不，小皇帝根本就是拿著幫她找老道的事畫餅充飢，讓她像追著胡蘿蔔的驢，玩命向前跑，卻永遠追不上吊在魚竿上的胡蘿蔔。

——哼，你欺騙我，我就不會玩你？

學會了人類劣性的殭屍一臉奸笑：「請你回覆皇上，我一定會好好完成任務！」

她一定會鉅細靡遺的把淳安王一天上幾次茅房都報告給皇上的……

不過，殭屍的智慧畢竟還是差了點，一高興，把心事都寫在臉上。寧子葶看著她笑得陰險樣，簡直不敢相信這還是那個知書達理的妹妹嗎？

寧子薰有點討厭這個「大舅爺」審視懷疑的目光，於是問道：「還有什麼事嗎？沒事我得回前面，娘還在等著呢！」

寧子葶收回目光，遲疑了一下，問道：「妳身邊那個丫頭叫什麼名字？好像不是原來的陪嫁丫頭了吧？」

「是的，他叫小瑜。」寧子薰毫不在意。

小瑜，她的行為舉止一點也不像是丫鬟，是個有智謀的女子……寧子葶不由得沉思。

寧子薰催促他道：「咱們該出去了，一會兒娘會懷疑的。」

不管怎樣，皇命傳達完了。寧子葶點點頭，揣著滿腹心事告辭而去。

而寧子薰又繼續聽武英侯夫人和方氏「荼毒」耳朵一個時辰才得以解放。

明天是冊妃儀式，宮中會派禮官來主持。織坊早早就送來了王妃的大禮服，用金線細細繡著繁複的花紋，看起來光彩耀目。

寧子薰捧著衣服貼面臉上哼嘰著：「我的寶貝禮服呀……」

小瑜進來，瞪了她一眼，「怎麼看妳像《西遊記》裡的金池長老？」

「你才像偷袈裟的呢！」寧子薰衝他傻傻的笑道：「馬公公說讓我搬到集熙殿，離淳安王近很多。沒準兒……還可以偷看淳安王洗澡！」

看著她越來越人類化的表情，不知為何小瑜心中升起一股怒火。他後悔，不應該把小殭帶到這裡。人類的世界把她「汙染」了！她應該生存在高山深谷之間，無欲無求，每夜吟風嘯月，修煉修為，成為最強的殭屍，而不是在這裡變成那些普通的爭名奪利的人類！

而且淳安王只剩下寧子薰一個女人，說不定……說不定他會……

想到這裡，小瑜握緊拳頭，莫名其妙的獨占欲壓得他不能呼吸：小殭是他的！他不能把小殭交給淳安王！

與小殭在一起的點點滴滴就像深鐫在腦海中一般，尤其是那個讓他心生搖動的吻……任他如何努力也忘卻不掉！他知道這樣不對，修道之人應該放下七情六欲，可是那個吻卻經常出現在他的夢中，綺麗而纏綿。

這種糾結的心情讓他無比難受，特別是看著小殭天真的談起如何勾引淳安王，如何脫光他的衣服找兵符，他就會想直接幹了淳安王一勞永逸！

「小瑜，你……你的臉色好恐怖，是不是中暑了？」

小瑜回過神，黑著臉道：「秋天都過了一半還中暑！以後多看看醫學書籍，不學無術！」

呃……事實上她也就知道幾種人類的疾病，什麼發燒、感冒，還有中暑，其他就是兒童不宜的斷胳膊斷腿的血腥場面……

◎※※※◎※※※◎※※※◎

終於到了第二天，馬公公也穿了四品太監的飛魚服，帶著幾個靈巧的侍女前來伺候寧子薰，從梳頭到穿衣，差不多耗費了兩個時辰。

看著稍微裝扮一下就變得光彩照人的寧子薰，馬公公不由得微笑點頭。經過這麼長時期的考查，這個女子心地簡單，雖然有點傻氣，但體格絕對健壯，如果孕育王世子，應該不會有難產之類的事情。難得的是淳安王自己同意的，無論從出身還是性格，還有在百姓中的名聲都是不錯的，最主要的是抗冷漠和擊打能力都一流，不會像其他女人那樣死纏著王爺不放。

不一時，外面太監傳諭，說宮中派來禮官。

晉升為王妃的儀式沒有宮中那麼複雜，就是宣讀一下諭旨，然後由禮官頒發銀冊，然後著王妃禮服在香案前跪拜，禮成完畢，晚上還有個小宮宴……於是寧子薰還得進宮謝恩。

至於淳安王，好像從求旨立她為妃那天起就沒回過淳安王府。

寧子薰盛裝獨自一人來到寧泰殿謝恩，太后賞賜頗豐，拉著她親熱交談。

屏退了其他宮女，竺太后悄聲問道：「寧王妃和淳安王……還未圓房吧？」

「圓房？稟太后，我們都住方形的房子。」寧子薰很有禮貌的回答。

竺太后吸了口氣，忍住想罵人的衝動，說：「圓房就是同床共枕，生兒育女的意思！」

「同屋算不算？我睡地板來著……」殭屍很認真的回答。

竺太后把一本裝裱得很精美的小圖冊塞在她手中，說：「回去沒事看看就明白了。」

還沒等回去，寧子薰當著竺太后的面就把圖冊展開了。她眨眨眼，心想：這畫與七王爺給她的「武林秘笈」差不多嘛，都是妖怪打架的書，一點用處都沒有！

「多謝太后了，我那還有一箱子呢。」寧子薰把圖冊又還給竺太后。

竺太后說不出什麼表情，但看得出來似乎十分擔憂。

寧子薰想了想，終於還是開口道：「對不起太后，目前還未完成任務，淳安王府所有的地方都已經找遍了，只剩下最後一個地方……就是淳安王身上！我一定會努力找到！還請太后到時兌現承諾，把我腦袋裡的晶片去掉。」

竺太后驚訝的張著嘴，半天沒合上，「妳……妳怎麼知道是哀家？」

寧子薰嘆了口氣，說：「殭屍的嗅覺和人類不一樣，妳身上有著很特別的淡淡香味，所以我聞到了。」

竺太后下意識的捂住胸口——脖子上那枚荷包中裝著十多年前那個人送她的、世界上最後一株鳳晶蘭的花骨。她一直都未捨得摘下來，原來是它暴露了自己的身分。

既然如此，竺太后亦沒有什麼顧慮了，她開誠布公的說：「淳安王的勢力越來越大，如果實在找不到兵符，也只能用一招釜底抽薪！」

「呃……什麼意思？」寧子薰問道。

竺太后眯起鳳目，陰惻惻的說：「只有淳安王死了，大權才能回到哀家手裡！」

「太后的意思是讓我回去宰了淳安王？」寧子薰捏拳，發出喀吧喀吧的聲響。

「不能用那麼大張旗鼓的手段！北方現在局勢不穩，萬一引起動亂就糟了，更何況那些軍隊也只有淳安王能調得動。所以需要讓他緩緩的『生病』！」

「怎麼讓他生病？」寧子薰問。

太后冷笑道：「哼，一般的毒藥對淳安王沒什麼用。哀家聽說殭屍體內有陰毒，這種毒滲入五臟六腑，藥石之力也不能解。所以……妳跟淳安王圓房，這樣他的死，就不會太引人注目了。」

寧子薰囧，像她這種智慧型殭屍並不攜帶致命病菌，她的身體是基因變異和改造的結果，只有那些低等的殭屍透過咬人才會傳播病毒。

「太后，並不是所有殭屍都有毒，例如我……」

竺太后瞪了她一眼，不客氣的打斷她的話：「殭屍是邪祟，只要和人相交，不就能吸人陽氣嗎？妳這殭屍是怎麼當的？連害人都不會！」

如果不是殭屍不產汗液，寧子薰真要被太后罵得流瀑布汗了……

「呃……我試試，我努力！」寧子薰縮頭縮腦應道。

竺太后把那春宮圖塞到她手裡，說：「給我好好學習！」

寧子薰這才頓悟，敢情這「連環畫」就是人類交配的指導呀！她深感責任重大，要讓淳安王中毒而亡是多麼艱鉅的任務啊！

寧子薰忙把畫冊收進袖子。

臨行前竺太后威脅道：「敢向淳安王透露半句，不光是妳的自由，連那兩個道士都會沒命的！」

◎※※※◎※※※◎※※※◎

回到淳安王府，寧子薰不由得長嘆一聲撲到床上挺屍。

看到她這副模樣，小瑜眯著眼睛問：「太后為難妳了？」

寧子薰支起腦袋苦惱的說：「喂，小瑜，你知道圓房是怎麼圓的嗎？教教我！太后讓我一定要和淳安王圓房……」

「什麼？」小瑜眉頭蹙了起來，眼中明顯的傳來一股殺氣。

「如果不圓，她就要把你們都宰了！」

「那個老妖婆！」小瑜不禁咬牙罵道。

其實竺太后十分年輕美貌，根本不是老太婆……寧子薰拉著小瑜的手哀求道：「別生氣了，快點教我圓房吧！」

小瑜垂下頭，看不清表情，他用開寧子薰的手，轉身跑出去，只留下一句：「等我，一會兒就回來！」

小瑜換上一身黑衣，跑出王府，一路朝向師父所住的草屋。

「師……師父，咱……咱們……」他上氣不接下氣的說著。

老道玄隱子翻了個白眼，放下手中藥杵，倒了杯水給他，說：「你能不能喘口氣再說？聽得為師有種要斷氣的感覺。」

灌下一杯水，小瑜才把氣喘勻，冷著臉說：「師父為何要幫竺太后那個老妖婆？她威脅小殭，如果不聽她的話，就殺了咱們師徒！師父，咱們乾脆帶著小殭逃到誰也找不到的地方吧！」

玄隱子仔細打量著小瑜，目光如鷹的問：「你……對她動情了？」

「才沒有！」他下意識的反駁，可目光卻避開了師父，「徒兒只是想，我們是道士，憑什麼聽那個老妖婆的命令？」

玄隱子嘆了口氣，說：「為師從未跟你提過，其實為師曾經是靈仙派的人。當年因為偷偷研究殭屍和禁術被師祖責罰，若不是師兄雲隱子苦苦哀求，只怕這一生都不能出困魔洞。被逐出師門也算最好的下場……雲隱子師兄不是在閉關，而是被竺太后囚禁了。為了救他，為師必須聽竺太后的！」

小瑜張了張嘴，半天沒說出話來。

事情……怎麼會是這樣！師父的師兄竟然是天下聞名的雲隱子，以前他還以為師父是胡吹牛，原來他真是靈仙派的。

可是小殭怎麼辦？難道真的要和淳安王……小瑜用力甩了甩頭，握緊的拳頭又鬆開了，低聲說：「師父，徒兒明白了。師父保重身體，等徒兒完成任務再回來好好孝敬師父！」

他向玄隱子施了大禮，轉身而去。

夜色蒼茫，很快就把那道纖瘦的黑影吞噬了。玄隱子捋鬍不語，只是眉頭卻緊緊鎖成了個「川」字。

回到王府，脫下夜行衣，小瑜換上他最討厭的侍女服，無精打采的走回寧子薰的寢處。

屋子裡黑漆漆的，他以為寧子薰去佛樂山根本還沒回來，於是摸索著走到床邊。突然，他只覺天旋地轉，身體一下被壓在床上不能動彈。黑暗中，露出一雙閃著幽光的殭屍眼。

「妳幹嘛？」小瑜不悅的皺緊眉頭問道。

只覺身上突然一沉，寧子薰似乎坐在了他腰間……

「喂，你真討厭，明明說要幫我學習圓房，怎麼走了這麼久？」

隔著褻衣，他感覺到寧子薰似乎……沒穿衣服？！

「妳下去！」小瑜的心跳得越來越猛烈，似乎感覺到什麼他想抑制又抑制不住的東西要噴湧而出。

寧子薰手中捧著一本畫冊，坐在小瑜身上，仔細研究著……姿勢是對的，可似乎哪裡還不對……哦，兩個人類都是光著身子的！於是，她伸出狼爪去撕小瑜的衣服。

「寧子薰，妳想死啊！」小瑜怒吼。他羞憤交加，幸虧是黑天，要不就可以看到他那俊美的面孔紅得可以烤雞蛋了。

人偶……人偶跑哪去了？小瑜手拚命在床上摸索著，可惜黑暗中，人類的視力等於零，而殭屍卻可以看得一清二楚。

寧子薰壞笑著把人偶一腳踢到床下去，用身子壓住小瑜，把他扒個精光。

對照圖譜，寧子薰又疑惑了：圖上某些部位和小瑜的實際情況不符呀！這是為什麼呢？好學的智慧殭屍伸出爪摸了上去，又揉又捏……

小瑜牙齒咬得格格直響，從喉嚨裡迸出幾個字：「寧子薰，妳給我住手！」

最令他悲憤又羞愧的是，在那雙手的蹂躪下，他……他居然有了反應！那種又痛苦又舒服的感覺讓他不禁逸出一聲呻吟。

聽到小瑜痛苦的呻吟聲，寧子薰停了下來，擔心的問：「你怎麼了，很疼嗎？我不知道會弄疼你！」

人類的交配過程很痛苦？哎，早知道就不用小瑜做實驗了！

說著，她起身披上衣服，就這樣把他曬在那裡，像個色情標本……

他居然被個殭屍非禮了！非禮就非禮吧，還只非禮了一半，搞得他「欲生欲死」！

小瑜狠狠的捶床，卻不幸正好捶斷了一根不怎麼結實的床腿，床一下塌下去。床帳的橫竿正好砸在他的重要部位，一聲慘叫在淳安王府上空迴盪。

◎※※※◎※※※◎※※※◎

第二天，淳安王才從宮中回來。無論他在宮中還是在王府，都有一大群官員在後面，像群蒼蠅，嗡嗡嗡的……

國家大事本來就是由許多細節小事組成的，更何況淳安王有事無鉅細都要清楚知道的癖好，所以他這顆臭雞蛋自然吸引無數蒼蠅競相折腰。

直到暮色將至，淳安王才把最後一位官員打發走，又命人掌燈，批閱起奏摺來。

馬公公見狀不由得搖了搖頭，王爺辛苦至斯，從早忙到晚，連個心疼他的人都沒有……

想到這裡，他轉身吩咐小太監：「去，到寧王妃那裡，告訴一聲，說王爺還未進晚膳呢。」

小太監一溜小跑來到集熙殿，寧子薰聽後不禁皺眉，沒進晚膳就派人做呀，告訴她是什麼意思？難道王府後廚沒幫淳安王做飯？

小瑜看到她糾結的樣子冷冷的轉過頭，嗤了一聲：白痴！他是想讓妳為淳安王送飯，順便勾引！

可他就是不想告訴寧子薰。

寧子薰挽起袖子對小瑜說道：「跟我到廚房教訓教訓那幫狗才！」

「我不去。」小瑜身子微微前傾，佝僂著身子坐在暗處。

看坐姿，他被砸得不輕，男人最脆弱的部位在興奮時遭遇滅頂之災，就算練過金鐘罩鐵布衫也扛不住，何況小瑜。

寧子薰瑟縮了一下……又忘記小瑜在生氣中。於是，她只好自己跑到王府後廚。

正忙得熱火朝天的廚娘們一見寧王妃親自到來，既驚且喜，忙跪下行禮。

寧子薰問道：「可準備了王爺的晚膳？」

管廚房的劉氏忙上前回道：「正在準備，王妃對王爺可真是關心備至，要不您先看看？」

「嗯……」寧子薰點點頭。

劉氏忙捧上菜單：蟹肉雙筍絲、湖米茭白、山珍蕨菜……都是一些清淡的菜品。

寧子薰擰眉道：「怎麼都是素菜？王爺辛苦勞累，需要大補，都換成肉！」

「這……回稟王妃，王爺一向喜歡清淡，奴婢們也都一直按著王爺的口味做的。」劉氏垂下頭，不禁暗中腹誹，才當上王妃多久就來攬權了！

「人類的營養要均衡，要多攝入各種營養物，怎麼能光吃植物呢？馬上換掉！」

敢情王妃是說他們沒拿王爺當人看啊？

劉氏張了張口，忍下這口氣，低眉順眼的問道：「那請問王妃該為王爺做什麼菜？」她打定主意要讓這個傻子王妃吃個虧。

寧子薰撓了撓頭，她又不吃人類的食物，怎麼知道人類都喜歡吃什麼肉類。她四處打量，突然看到案板下的竹筐中有些血淋淋的條狀肉類。倒是勾起了殭屍對血肉的欲望，於是她舔了舔嘴脣，問道：「這是什麼肉？」

劉氏臉一紅，唯唯諾諾的說：「這……是牛鞭。」本來是偷偷要留下給她家那口子補身的，沒想到這位寧王妃眼睛倒怪賊的！

寧子薰走到跟前抓起一條，聞著那令人衝動的血腥味，嚥了下口水，說：「就做這個吧！」

當場所有人都傻眼了……

眾人看著寧王妃威武的離開，不禁流言四起：原來寧王妃不滿意王爺的某項功能，特意跑到廚房來叫人燉「補品」給王爺，以形補形！

任務完成，寧子薰理所當然的回去看醫書。

馬公公還在傻等，而被質疑功能的淳安王依然什麼都不知道，精神抖擻的坐在殿上揮筆痛批奏摺。

當送膳的小太監端上晚膳，淳安王的臉都綠了，他用象牙筷子挑起一條巨大的牛鞭，冷冷問道：「這東西是誰讓做的？」

小太監忙跪下，戰戰兢兢的說：「是……是王妃特意到廚房吩咐做的。」

馬公公把臉捂住，半天說不出話來。

安靜的大殿，就聽見淳安王咯吱咯吱的磨牙聲，很是恐怖。他咬牙對馬公公道：「傳本王的話，今夜……留宿集熙殿！」

馬公公都不知道說寧子薰什麼好了，見到寧子薰時，他狠狠一拍她的肩膀。

寧子薰立刻垂下頭，一副任君用力批評鞭策的表情。她知道，自己又做錯了……

卻沒想到馬公公激動的說：「幹得好！真沒想到寧王妃有這智謀！那些女人用盡手段，也沒有誰能爬到王爺床上。沒想到妳這招釜底抽薪，讓王爺都沒了退路，如果不來集熙殿，他都沒辦法證明自己是男人了！」

嗯？寧子薰抬起頭，看著馬公公滿眼星星，跟解開了魔術方塊時一樣的表情。

她……做對了什麼？殭屍撓了撓腦袋，衝他傻傻的一笑。

馬公公握住寧子薰的手，用力，說道：「孕育王世子的重任就交給王妃了！今晚請一定努力！老奴會竭盡全力幫助王妃的！」

寧子薰傻了：你這個太監，生物學上等於無性別人類，能幫上什麼忙呀？

不過她還是敷衍的點了點頭，總之淳安王肯來就好，等他脫光光，找到兵符……嘿嘿嘿，她彷彿看到自己坐在極高的峭壁之上，後面是莽莽森海，風一吹過，綠色的波濤洶湧起伏，夜的星空璀璨絢爛，她一個人靜靜的享受皎潔的月光……

「那……就多謝你啦！」寧子薰也客氣的回握。

馬公公變了臉色，差點兒被她捏斷手骨。於是馬公公不由得皺起眉頭，心道：這一夜，王爺您可要挺住啊！為了小世子，努力吧！

這時淳安王正坐在麟趾殿吃重新做好的晚膳，忽然沒來由的打了個冷顫。

他看著那盤炸得乾脆的蝴蝶蝦捲突然想起牛鞭……一推桌子，不吃了！

不一會兒，馬公公就派人送來一套紗衣，還有一盒香。

寧子薰聞了聞香，打了個噴嚏，好衝的味道。

那個送東西的老嬤嬤低聲說：「這是和合香，有催情的作用，這件紗衣等沐浴後穿上，王爺大概再有一會兒就到了。」

寧子薰展開紗衣，「嘩～」幾乎全是透明的，只有重點部位上面繡了幾隻比巴掌還小的小蝴蝶。

對於殭屍來講，穿什麼都一樣，穿不穿也一樣，她根本沒心理負擔的換上這件紗衣。

這時，小瑜很艱難的走了進來。他已從「無門派」變成了「捂褲派」。

當他看到寧子薰這一身清爽裝扮，只覺呼吸一窒。

只見她如一隻慵懶的狐，正半臥在貴妃榻上，透明的輕紗裹著嬌媚的胴體，那完美的身材就這樣暴露在他眼前。

豐滿的酥胸圓潤飽滿，上面飛舞著兩隻小巧的彩蝶，欲遮還露。從紗袍中伸出的纖長美腿軟若無骨，雖然寧子薰的面孔只是清秀，可這完美的身材配上輕紗卻是無比美豔。明明是極致的誘惑，卻又擁有毫無心機的純真，這樣的組合才會讓所有男人陷入瘋狂！

小瑜痛苦的捂住下身，本來那裡就很疼，再看到這副噴血的場景，他哪還裡受得了！不禁彎下腰不動彈。

寧子薰看到小瑜這樣，忙跑了過去，緊張的問：「小瑜，你怎麼了?要不要緊，我看還是傳大夫看看吧！」

她一彎腰，胸前春光外洩，離近看更讓人血脈賁張。小瑜推開她，閉上眼睛問：「誰讓妳穿成這樣的?」

寧子薰就把到後廚的經過和馬公公的話說了一遍，小瑜睜開眼睛，目光中透出緊張，問道：「妳是說，淳安王今夜就要來集熙殿了?」

寧子薰點點頭，說：「是啊，雖然我不懂圓房，可是只要看到他身上的兵符，搶過來不就得了！」

「那……萬一淳安王身上沒有兵符怎麼辦?」小瑜神色愈加凝重。

「我也不知道。」寧子薰皺眉，十分糾結。

小瑜突然狠狠握住她的手，說：「不要……不要和他圓房!無論他身上有沒有兵符。」

「呃？」寧子薰側頭，疑惑的看著小瑜，對於他眼中那奇異的目光十分不解。

小瑜深吸口氣，說：「反正妳的力量比他大，證明他身上沒兵符，妳就打暈他，然後咱們逃出王府，逃到南虞去！」

寧子薰驚訝的說：「那……那我們沒完成任務怎麼辦？」

「不管了，只要能逃到南虞去，竺太后也拿咱們沒轍！」

他緊緊握著她的手，他已經決定了順應自己的意願去決定未來，雖然他不知道這種感覺是什麼，可他就是不想把小殭交給任何人，包括師父！他喜歡看她用呆呆的目光望著自己，他喜歡她對自己流露出毫不設防的天真，他喜歡她的強吻和非禮，他只想和她永遠在一起，過修煉的平淡日子。

沒過多久，外面小太監進來傳話，說淳安王駕到。

寧子薰站起身——此時她早已換上小瑜替她準備的正常衣服，把自己包裹得嚴嚴實實。殿角的燈奴亮起昏黃的橘光，整個大殿便沉寂在一片黑暗中。淳安王不禁皺起眉頭，那俊美的面容如冰雕一般散發著寒意。

「怎麼？馬公公剋扣了月錢不成，連燈都捨不得點？」他微微側頭，準確的捕捉到寧子薰隱藏的地方。

寧子薰磨磨蹭蹭的走到他面前跪拜施禮：「參見王爺……」

黑色衣襬在她眼前微動，寧子薰聽到淳安王淡淡的說：「起來吧。」

她剛起身就被一雙冰冷而有力的手鉗制住，她抬起頭正對上淳安王那雙含滿戲謔的眸子。一股淡淡的皂角香飄進她的鼻子……不知為何，雖然淳安王刻毒冰冷，可她卻不討厭他身上的味道，聞起來有種讓人舒服安心的感覺。可能因為喝過他的血，那種香甜的味道便深刻在腦海中再也忘不掉了。

「用什麼招數勾引本王的都有，用牛鞭……妳是第一個！」他咬牙微笑，雖然怒意叢生，卻嚇不倒那個眼神和阿喵一樣呆呆的笨蛋。

「王爺，不能只吃素，對身體不好！」她費力的說。因為淳安王的手很用力捏著她的下巴。

他手上還有股甜甜的皂豆香，那淡淡的香味讓她下意識的伸出舌頭舔了一下……

淳安王像被火燙了一下般的收回手，不過眼中的顏色卻變得更深了。

「妳的意思是，本王應該吃點『肉』補一補？」他的表情變得有些奇怪，連身體都有點僵硬。

寧子薰用力點點頭，淳安王猛地把她抱起來，走向掛著大紅銷金鴛帳的黑漆螺鈿拔步大床。她被扔到床上，雖然滑溜溜的綢緞褥子很舒服，可欺身而上的淳安王不那麼讓人舒適了。

他壓在她身上，垂眸凝視，眼中漾著深邃的光芒。

這……這就是人類交配的開始嗎？殭屍激動了。

「閉上眼睛，有禮物送給妳！」淳安王的聲音變得愈加溫柔。

什麼，還有禮物？寧子薰馬上乖乖閉上眼睛……

My Zombie Princess

第4章

調教「寵物貓」

喀嚓一聲，等她睜開眼睛時，手上已多了一副「銀鐲子」。

「這……這是什麼？」寧子薰滿頭霧水。

淳安王把銀鐲子拴在一根三個人都抱不過來的殿柱上，瞇著眼睛道：「這是精金打造的，正好用妳來試試能承受多大力量。」

原來淳安王喜歡重口味啊！人類的價值觀不同，給一根蠟燭，有人覺得差一個蛋糕，有人覺得缺一條皮鞭……寧子薰頓悟。

她掙扎一下，還真是很結實，殭屍的蠻力都未能解脫。這下怎麼辦？原計畫被打亂了，寧子薰有點氣惱。

淳安王沉著眸子。黑暗中，殭屍依然可以看清楚他的表情，那略帶愜意的微笑，就像漁夫在觀察已釣在桶裡的小魚。

他伸出手解開寧子薰的羅帶、長裙、褻衣、束胸……一件件被扔到床外，寧子薰急了，可她的手被束縛起來，只能用牙上去咬淳安王的衣領，淳安王頓了一下，目光變得更加幽深，連呼吸都有點亂了起來。

小瑜藏在多寶格的後面，手緊緊的攥著木棒，屏息聽著裡面的動靜。

只聽見裡面傳來寧子薰的聲音．「王爺……有點疼！」

「一會兒就舒服了。」淳安王的聲音也有幾分粗重。

「啊～輕點，我真的受不了了！」

小瑜聽到這裡，不由得血往上湧，舉起木棒衝了過去，猛地砸倒淳安王，一腳把他踹下床，拉起寧子薰問道：「妳沒事吧？」

寧子薰眨了眨眼，可憐兮兮的說：「他……他用力按我的腳心，好疼！」

小瑜滿頭黑線，瞪了她一眼，翻遍淳安王全身，找到鑰匙，回頭幫寧子薰解開鎖鏈，說道：「咱們逃吧！」

寧子薰點點頭，道：「先搜搜淳安王，看他身上有沒有兵符！」

小瑜和寧子薰一回頭，躺在地上的淳安王竟然不見了！

兩人驚出一身冷汗，小瑜馬上明白事情不好，拉起寧子薰逃出集熙殿。可是他們剛剛跑出殿門，就發現被包圍了，無數寒光閃閃的利刃對著他們！

寧子薰拉起小瑜，咬牙猛地向上一竄，竟然躍過高高的圍牆，消失在夜色中。淳安王唇邊露出一絲笑容，覺得這個「玩具」還真是功能全面，他更加不想放開手了。

他沉聲道：「追！」

竹哨一響，埋伏在外面的暗衛一擁而起，衝了上去。

寧子薰自己可以馭空飛翔，可是帶著小瑜就只能用彈跳的方式。剛剛一落地，迎面就飛出幾百枝羽箭，她迅速的把小瑜擋在身後。

雖然寧子薰力量恐怖，可她拚盡全力也擋不住這麼多敵人。難免會顧此失彼，正當她抵擋正面的進攻時，小瑜卻被幾個高手無聲無息的包圍了！

寧子薰衝了過去，可背後又挨了幾刀，衣服都成了條狀，還好皮比衣服厚多了。待她趕到跟前，小瑜的脖子上已架起一把雪亮的長刀。

淳安王裹著黑色的披風，跟這夜一樣深沉。他向她伸出手，說道：「如果妳想他活著，就乖乖聽話！」

「快跑，別管我！」小瑜焦急的喊道。

淳安王狠狠給了小瑜一拳，他悶哼了一聲倒在地上。

淳安王用只有他們兩人能聽到的聲音說：「兩個蠢蛋，從你們第一天進王府時就已經暴露身分了！你以為淳安王府是可以任由你這隻耗子隨便閒逛的地方嗎？」

小瑜咬緊牙關，抬起頭怒目而視……原來他早就發現了！是啊，從王嫮的事情就可以看出這個男人有多麼深沉和隱忍，像一隻獵豹，伏在草叢中耐心等待，直到獵物露出破綻，就會猛地撲上去用利齒切斷對方的喉嚨，結束敵人的生命。

淳安王揚了揚脣角，低聲說：「她只要還冠著王妃的頭銜，就永遠是本王的！你沒機會把她帶走！」

趁小瑜愣神的工夫，淳安王很不厚道的又給了他一拳。

而寧子薰就站在王府高高的圍牆上，一輪圓月把她攏在柔和的光芒中，那窈窕婀娜的身姿就暴露在眾人眼中。

看到眾人仰望的目光，淳安王十分不悅，聲音更冷了幾分：「還不快點下來？」

不管小瑜，自己逃掉——這個念頭一瞬間在寧子薰腦海中閃過。自由彷彿在向她招手……

她向圍牆外移動了半步。

正猶豫間，淳安王已看出了她的動搖。拎起小瑜的手臂猛地擰斷，慘叫聲讓寧子薰身體一顫！

月光把淳安王冷峻的面孔映襯得如冰雕一般，他的眼睛布滿血色，聲音卻愈加溫柔，彷彿像哄一隻小貓：「乖，下來。」

寧子薰心中掙扎，在自由和小瑜之間……

看到她顧盼猶豫的樣子，淳安王心卻愈加迫切，他竟然在害怕，害怕她會從此消失不見！不知為何，自從做了那個怪夢之後，他對她就產生了奇怪的感覺。他不知道這種感覺是什麼，所以只有努力避免，不去觸碰。

可是今天……就在她要離他而去時，他忽然感覺自己不能失去她，那個夢境般的畫面既非他的回憶，可怎麼會出現她的面孔？在弄明白一切之前，他不允許她離開自己！

他抿著薄唇默默抽出腰刀，刀鋒銳利，在小瑜的肩膀上狠狠劃開一道傷口，鮮血如注，染紅了青衣。

寧子薰看到小瑜狠狠咬住脣不讓自己發出聲音，咬得太狠以至於嘴脣流出血來。

寧子薰知道小瑜忍痛不叫是怕她分心，不過她再堅持下去，淳安王會不會當著她的面把小瑜凌遲了？她的心像被人緊緊捏住一般……如果小瑜死了，就算她得到了自由，坐在高高山巔之上望著月亮時，也會被內疚侵蝕折磨。

小瑜是她在人類世界最信任的人，她不能不管他！

這就是所謂的「感情」吧？殭屍從來不會為同伴犧牲而自責，因為每具殭屍都只屬於他們自己，他們的戰鬥也是為了共同目標，所以沒有必要難過。可是今天，她卻發現她不能輕鬆的放下，如果小瑜真的因為她逃走而死，那她的自由也會蒙上一層陰影，變得不再快樂。

難以割捨……怕一個人從自己的生命中消失……她竟然也體會到了這種感覺……

她默默從牆頭跳下來，走到淳安王身邊，閉上眼睛，等待淳安王嚴厲的處罰。

沒想到淳安王根本沒理她，只是淡淡的說：「薛長青，你把人都帶回去吧，今晚的事不許透露分毫！」

「王爺放心，暗衛的人知道規矩！」薛大鬍子看了寧子薰一眼，眼中竟然有一絲怨懟。

淳安王一把將寧子薰攬在懷中，用披風遮住她那快成碎條的衣服，冷冷道：「回去！」

他擁著表情越發呆滯的寧子薰向麟趾殿走去，還不忘向薛長貴使了個眼色。薛長貴把滿身鮮血已經暈過去的小瑜抬走。

寧子薰回頭去看，卻被淳安王用力「擰」了過來。

他曖昧的在她耳畔說：「本王知道妳不是寧子薰，可畢竟是借著她的身分復活的！妳比她好玩多了，所以本王捨不得放手！妳放心，只要妳乖乖聽話，小瑜就會很安全。」

寧子薰眨了眨眼睛，她不知道淳安王究竟瞭解了多少。不過有一點可以肯定，她和小瑜應該早就暴露身分了——淳安王故意看著她在他眼皮底下偷偷摸摸的做這些事情還不點破，抱著戲弄的心態觀看鬧劇，變態果然跟正常人類不一樣啊，渾蛋！

來到麟趾殿，阿喵從桌下鑽出來，撒嬌般的蹭淳安王的腿。

淳安王瞥了一眼寧子薰，開始脫衣服。寧子薰炸毛：難道他還要繼續剛才未完成的？

沒想到他只脫掉上衣，露出寬闊的肩膀，均勻的肌肉群分布得很好，每一條都結實優美，蘊含著強大的爆發力……寧子薰用殭屍的眼光「非禮」了一遍，中肯的評價道。

上面也有一些新舊不等的傷疤，但這不影響美觀，作為戰士，她認為傷疤是勇士的標誌和勳章！

淳安王回頭，看到她那色迷迷的樣子，冷冷的說：「把桌上的藥膏拿來，替我上藥！」

「哦……」

寧子薰到桌前去拿藥，淳安王不禁眯起眼睛打量寧子薰。她似乎從不習慣說「是」，稱呼上也從來只是說「我」，那些謙詞對於她根本就不存在。就像一隻自由慣了的野貓，闖進他的世界弄得一團糟卻要悠閒的逃掉！不過，他不想讓她逃，他決定要收養這隻野貓。但當前最重要的是——要好好馴養，讓她認識到誰才是她真正的主人！

寧子薰打開蓋子習慣性的聞了聞，被刺激的味道嗆得打了個噴嚏，甩了甩頭，跟阿喵的表情很像。淳安王的嘴角微微彎起，如果此時有鏡子，只怕他自己看到都會大吃一驚。因為他竟然在寵溺的微笑……

他坐在椅子上，寧子薰替他上藥，手指沾著藥膏，一下一下塗在他的後背。

淳安王疼得嘶了一聲，瞪她道：「輕點！」

「忍著點兒，一會兒就舒服了！」寧子薰用淳安王自己的話堵回去。

淳安王回身一把捏住她的手，陰惻惻的笑道：「後背的傷是小瑜打的，本王這就叫人去把小瑜的肋骨打斷，然後妳用他練習好了再來伺候本王！」

「知道了，我輕點！」寧子薰糾著包子臉，低下頭用手指尖輕輕的在他後背畫圈圈……

終於上完了藥，淳安王也沒讓她回去，而是讓她留宿在麟趾殿。考慮到已是秋天，睡在地上寒冷，淳安王很慈悲……為她加了兩條褥子，繼續睡地上！

躺在硬地上，寧子薰輾轉反側，怎麼才能把小瑜救出來？目前先順著淳安王，讓他懈怠下來，然後找機會把小瑜救出來……想著想著，她睡著了。

◎※※※◎※※※◎※※※◎

第二天，天色還未亮，寧子薰感覺到淳安王從床上起來，輕輕走到她跟前，駐足良久。

寧子薰不敢睜開眼睛，只好繼續裝睡。淳安王輕輕把她抱起來放到床上，然後穿好衣服走到殿外去練劍。

變態的想法果然和正常人類不一樣！就算讓她睡一小會兒柔軟的床，她也不會感激他！

外面，大鬍子低聲對淳安王說：「那個老道太狡猾了，屬下到了京郊卻發現他已經逃跑，目前已派人全力緝拿。」

原來老道沒有被淳安王抓住，寧子薰不禁鬆了口氣。

淳安王已交代了幾句，就開始練劍。外面金屬發出的錚錚聲，寧子薰忍不住爬起床，推開房門，看到淳安王只穿著白色的單衣，手中一把雪亮的寶劍舞得行雲流水一般。

樹上飄落的紅葉輕輕接近，卻被他毫不留情的一劍截成兩半。寧子薰還是第一次看到他穿黑色以外的顏色，淳安王皮膚白皙，一身白衣勝雪，在晨光中更顯得飄逸出塵，墨色的長髮沒有綰起，只是很隨意的束了起來，髮梢隨著他的動作舞動，像是有生命一般。

旁邊站著薛大鬍子，他瞄了一眼傻呆呆站著的寧子薰，低下頭沒敢打招呼。

淳安王終於收式結束了動作，薛大鬍子忙遞上潔白的手巾。他拭了拭額頭上的汗，轉身望向寧子薰，問：「怎麼不睡，是本王吵醒妳了？」

寧子薰忙拍馬屁道：「沒有，我願意看王爺耍銀劍，王爺耍得真好！」

「耍淫賤」？薛大鬍子不敢笑，憋得臉通紅，都快要內傷了。

淳安王泛著冰碴兒的目光掃過，薛長貴立刻垂下頭。

「去告訴人替本王準備早膳，一會兒本王要入宮。」

淳安王把薛長貴支走，然後咬牙道：「這不是銀劍！再說一次本王就用這把劍砍了妳！」

淳安王走後，寧子薰才知道，原來以前真的是淳安王故意「放水」。其實淳安王府的保衛工作是很嚴密的！雖然她可以自由走動，可無論走到哪裡，都能感覺到有人在暗中跟著她。只要她有逃跑的傾向，就會突然從四周蹦出好幾個會古武的高手……看來淳安王是打定主意要限制她的人身自由了！

「小瑜，不知道你現在怎麼樣了？」

寧子薰抱著大胖貓，四十五度角，望著天空明媚憂傷……

待淳安王回府已是掌燈時分，馬公公和寧子薰到殿前迎接淳安王。

淳安王敏銳的覺察到寧子薰的不滿，看著她垂頭喪氣的樣子，不由得挑了挑眉。

他剛落坐，阿喵就跳到桌上子邀寵賣萌，油亮的毛裹著淳安王修長的手指，滾滾的身材摸起來手感十分舒服。

淳安王看著寧子薰說：「過來，有禮物給妳。」

又用這招？寧子薰下意識的把雙手縮到背後。

淳安王的聲音提高了幾度，明顯的威懾：「過來！」

寧子薰只好蹭了過去，喀嚓一聲……寧子薰發現自己脖子上多了一條光閃閃的精美細鏈。

喀嚓又一聲……連阿喵都沒能倖免，胖得十分不明顯的脖子上也多了一條鏈子。

「喵嗚……」阿喵看了一眼寧子薰，寧子薰看了一眼阿喵。兩者動作一致的用爪拽鏈子，感覺那鏈子十分結實，又用牙咬……

淳安王不禁莞爾，抓住她的手道：「這項鍊也是精金的，妳可以省省力氣了。」

馬公公站得遠遠的，看著這「溫馨」的一幕，也不禁動容……他家王爺，可是第一次送女人東西吶！

「這是什麼？」寧子薰側頭迷惑的望著淳安王。

淳安王沉著眸子，說道：「妳和阿喵都是本王的，這條項鍊就是證明！」

如果仔細看，才會看清楚此時淳安王長長睫毛遮掩下的深潭中浮著許多細碎的溫柔。

「這上面有字？」寧子薰用手摸索，感覺到上面凹凸不平。

淳安王點點頭，卻不告訴她寫了什麼，而是轉移話題對馬公公說：「傳膳吧，本王餓了。」

「是。」馬公公微笑著雙手插袖退出大殿。

寧子薰越發懷疑，一把拎起大肥貓，只見牠脖子上的小牌牌寫著：淳安王府專屬，遺失逃亡報知官府，必有重賞，若隱匿窩藏者，殺無赦株九族！

殭屍頓時凌亂了……這是什麼意思？把她當成寵物也就算了，竟然還怕她丟了！怕她丟了也就算了，還居然有「懸賞」！有懸賞也就算了，居然還威脅殺人家九族？

寧子薰用仇視的目光死死盯著他，淳安王只是挑了挑眉頭，說：「怎麼？妳嫉妒阿喵也有一條？」

這……就是傳說中的冷幽默？寧子薰覺得以自己的殭屍智商很難看透淳安王。

就像七王爺所說，每個人都會戴面具，她分辨不出淳安王面對她時戴著的是什麼面具。可越是接近，越是發現淳安王這副面具跟他對待其他人時的都不一樣！他似乎很喜歡欺負和捉弄她，看到她露出人類喜怒哀樂的表情，他才會瞇起眼睛，一副愜意的表情。

吃過晚飯就是批奏摺時間，淳安王似乎也不打算放過她，在他寬大的桌子邊安了個小矮桌，撇下一本本子，說：「好好練字，妳的字太醜了！」

什麼嘛，以前明明還用她的字寫奏章……寧子薰撇撇嘴，沒敢反駁。

翻開本子，照著上面的字描紅。淳安王時不時會把目光投過來，糾正她的姿勢和字體。直到他批完奏摺，再和她一同就寢。

寧子薰再也沒機會出王府曬月亮，只有等淳安王入睡後，悄悄站在院子裡曬一小會兒，效果自然大打折扣。不過，她發現從白毛殭屍那搜來的血色結晶體似乎也會自動吸收月精並儲存能量，她就把那塊結晶體偷偷放在外面的樹杈上，等吸了一晚上月光後再拿下來佩戴，算是勉強吃飽。

沒了小瑜，寧子薰的日子過得十分寂寞。可她又不敢打聽小瑜的去向，怕淳安王真的一生氣把小瑜「喀嚓」了，只好整天憋著。

實在無聊的寧子薰便把目光投向看守她的「隱形保鏢」，因為她一直想學習古武，那些神奇的武功和招數讓她著迷，所以她就故意裝作要逃跑，引出那幾個高手，纏著他們教自己功夫。

當然，這些人都是滿頭黑線的拒絕了，晚上還向淳安王打小報告。

淳安王挑了挑眉，說：「喜歡習武要有好體魄，妳可以先練習站樁。」

然後，她就站了一宿……喵的，淳安王分明是妒忌她力大無窮，怕她再學了上乘功夫打不過！

第二天，淳安王就派來兩個比他還苦臉的嬤嬤教她繡花。果然，她真的再也不覺得無聊了。在嬤嬤們的提醒下，為了「報答」淳安王，她的第一件繡品就是繡了個荷包給淳安王。

淳安王拿著雪青色的荷包端詳半天，皺眉道：「這隻鴨子怎麼是灰色的？」
寧子薰覺得他沒眼光，轉過頭恨恨的說：「人家是照著獼猴桃繡的！」
這一團亂麻他已經很給面子的形容成「鴨子」，沒想到她居然好意思說是隻野豬！淳安王擰著眉頭盯著寧子薰問道：「繡隻野豬給本王是什麼意思？」
寧子薰想了想，說：「灰色跟黑色比較配！」
當然，淳安王沒勇氣佩戴，怕被群臣恥笑死。
提起獼猴桃，不得不說，這小傢伙半年內已由一隻小狗般大小長到了有礙觀瞻的地步，侍衛們費了好大力氣才把牠抓住扔進豬圈，結果高度一公尺多的圍牆硬是擋不住牠！一個箭步就竄了出來，真是難為了牠的體形！
在寧王妃的保護下，牠依然優哉游哉的生活在斑淚館那片竹林裡，不過侍女們都不敢去那裡採竹筍了。

◎※※※◎※※※◎※※※◎

當齊國都城降下第一場雪的時候，南虞突然來了使者。太后請淳安王入宮商議，原來是南虞想要把公主嫁給小皇上元皓。

不得不說，淳安王平定了北狄給南虞帶來巨大的不安。雖然有一江之隔，可齊國的壯大還是讓南虞皇帝如坐針氈。不過此時他們的實力有限，更不敢主動向齊國挑釁，只有趁著齊國整頓消化新得到的領土之際，先打出一張親情牌，把公主嫁過來和親。太后是南虞人，皇后也是南虞人，這樣世代為親，便可以緩下齊國蠶食的腳步，讓南虞得以強大自己的實力。

太后眼中波瀾不興，一副全憑淳安王拿主意的表情。

淳安王明白，其實她還是很在意的，畢竟未來皇后關係重大，她更希望選出的皇后是跟自己貼心的，而不是淳安王這一派系的人。

考慮到北狄還有動盪，一些殘餘分子還會不時擾亂，大部分兵力被牽制在北方；至於南虞，暫時不能與他們開戰，這招和親正中下懷，他也需要時間平定北方。

於是，淳安王平靜開口道：「和親是件好事，只要皇上同意，微臣也無話可說。」

太后看了一眼元皓，微笑道：「的確是好事！盼了這麼多年，皇上也終於要大婚了！」

元皓面無表情。他明白，作為皇帝，無論娶誰，都是他不能選擇的！他原以為在皇后的選擇上，淳安王和太后要有一番角力，卻沒想到消滅北狄、暫緩南征讓兩人達成了共識。

他的目光瞥了一眼南虞皇帝的親筆信，上面那位要和親的公主叫竺雨瑤，封號端惠……他不禁皺起眉頭望向太后。他的這一生，難道就脫離不開南虞的女人嗎？

忽然，寧子薰的面孔出現在他腦海中。明明告訴這個傢伙傳信給他的，結果每天傳的都是廢話！再後來就根本沒有傳，只有一隻鴿子飛回來，身上還帶著血跡，似乎是被貓類襲擊過……想到這裡他就不禁生她的氣！鴿了沒了就不知道用別的方法傳信給他嗎？

雖然他恨淳安王，但卻不能否認如果沒有淳安王，大齊也不會如此繁盛強大，開疆擴土，威震四方。他也質疑，如果沒有淳安王，他能否則把國家打理得如此好？

他開始學會思考，觀察淳安王處理政事的手段和方法，去看那些枯燥至極讓他一看就睏的奏摺。那上面有淳安王的批註，看了之後，他也不得不佩服淳安王的洞察力和決斷力。那些奏摺中的學問其實很深奧，從那些奏摺中他慢慢學會如何瞭解他的臣子，如何與他們溝通，也能揣測淳安王的政治意圖和對每件政事的態度。

就像一隻小獅子，在捕獵前都要學習成年獅子是如何追蹤、偷襲和捕殺獵物，元皓也在學習中漸漸成長……

他每天都認真觀看淳安王報上來的奏摺，直到深夜。

淳安王大概也發現了，不久便有更多的奏摺和未做批示的送到斐宸宮來。影響都是在不知不覺中潛移默化的，元皓沒有發現，他處理政事的方式和手段越來越像淳安王。

淳安王從未言傳身教的教他什麼，甚至有時候是故意挑釁或忽視他，越是這樣，他越渴望想超越淳安王，成為一代明君。這種渴望化成了動力，讓他越來越勤於政事。雖然他不承認，可也改變不了一個事實——他受淳安王的影響越來越深，淳安王取代了他早逝的父皇，教導和指引著他！

兩國信使來往密切，不到一個月的時間就已敲訂婚事。大婚的日期安排得比較急，三個月之後便會舉行。好在公主的嫁妝在出生後就已經開始準備，所以約定一個月後便可以送公主到達齊國都城。

浩浩蕩蕩的送親隊伍在南虞軍隊的護衛下，一路沿江而上，終於在冬季最寒冷的季節到了齊國皇城。

齊國這邊已經準備好盛大的迎接儀式，太后、淳安王和皇帝在臨時搭建的帳篷內等待迎接南虞公主車駕。

不一時，有太監回報，說南虞公主的儀仗已經到了城門口。為了保證安全，齊國方面並不容許護送公主的南虞軍隊全部入城，只有公主的嫁妝和隨從陪嫁可以進城，其他軍隊只能駐紮在城外。

淳安王是個細緻入微的人，他特意安排御林軍統領徐進仔細搜查公主陪嫁的車隊，果然有了發現！

沒過多久徐進面色凝重進了大帳，在淳安王耳邊低語幾句，淳安王不由得微訝，但很快就恢復了平靜。

他向太后笑道：「這可怎麼是好……搜查公主的嫁妝竟然搜出個男孩！」

太后一聽變了臉色，忙問：「難道是刺客？」

「不是。」淳安王瞇起眼睛，說：「這小子自稱是南虞的皇長子，公主的哥哥。」

皇長子，那不就是……太后激動的站起來，問：「他在哪裡？」

淳安王審視的目光望向她，竺太后才自覺失儀，說道：「南虞護衛是怎麼回事？連隨嫁中藏了人都不知曉？真是該寫信給我那糊塗皇兄，好好懲治才是！」

元皓沉著眸子，掩下不屑，目光只放在手中那個精美的琺瑯胎盤龍手爐上……

沒多久，南虞公主和護送的將軍姜重喜，還有「偷渡」而來的皇長子，被送進大帳。眾人仔細打量，只見端惠公主雨瑤一身豔紅色的嫁衣款款而來，她有著典型的南方女子的婉約柔美，不過此時卻是面色如紙，十分緊張。

而太后從那個走在最後的少年一進帳，目光就未離開。

淳安王不留痕跡的觀察著，順著太后的目光望向那少年：他大概有十七、八歲，長得十分瘦弱纖細，不過他的眼中卻是一片澄澈，像個天真未解世事的孩童，好奇的四處張望，根本無一絲皇子應有的儀態……淳安王不禁皺起眉頭。

「南虞端惠公主雨瑤參見太后、皇上、攝政王。」雨瑤翩然下拜，隨侍在後的眾隨從也跟著跪下。

只有那少年好奇的盯著坐在龍椅上的皇帝，就像沒事人一般，一旁的侍衛連哄帶騙的把他按倒磕頭。

淳安王望向姜重喜，說道：「聽說方才出了狀況，到底發生何事？」

姜重喜忙叩頭不止，「微臣該死！竟未發現皇子藏匿在嫁妝車中，請攝政王恕罪！」

端惠公主雨瑤望向太后，目光中似有祈求之色。畢竟太后還是南虞皇帝的庶妹，也算她的姑母，此時不幫襯著，只怕丟的是南虞國和太后的面子。

不過，她看太后的面色白得嚇人，猜想太后一定被這場事故氣壞了。沒辦法，雨瑤只好開口：「請太后、皇上、攝政王息怒。皇兄小時候得過一場重病，高燒過後就成了這樣，智力只有七、八歲孩童一般。大概是也想到齊國來就藏到了嫁車中，一路倉促忙亂不曾察覺，只求太后、皇上、攝政王看在他並不是有意而為，饒恕他吧！」

「他……他的智力……」太后捂著胸口難以把目光移開，她不敢相信，長相如此清俊的他竟然是個傻子！

淳安王看出太后的異樣，沉眸不語。

小皇帝脣邊凝著一絲冷笑，開口道：「既然來了，就觀禮完畢再回南虞吧。來人，準備進宮！」

為她解圍的竟然是皇上……雨瑤不禁抬起頭望向那一抹明黃色的身影，雖然齊國皇帝年紀尚幼，卻已有了北方男子的豪邁之氣，寬肩長腿，尤其是那雙狼眸中微微透出霞霓之色，看上去更顯傲然不群……她忽然感覺面頰發熱，忙低下頭。

這場歡迎公主的晚宴因幾位重要的人物都面色不佳而變得氣氛詭異，所有伺候的人都小心翼翼，生怕做錯事引火上身。

好在有樂司的伶人演奏北方的樂曲，還有幾首來自北狄的，都用胡笳篳篥，樂聲悠揚婉轉，倒吸引了不少注意，席間的氣氛也不至於太過冷清。

南虞皇長子竺錦川雖然懵懂無知，可從小也受到嚴苛的宮廷禮儀教育，遇到這種大場合並沒把南虞國的臉丟光，至少還知道乖乖的坐在席前用膳。

每個人都各懷心事，好不容易挨到宴終，太后冷著臉在侍女綺煙耳邊低語幾句……

雨瑤和南虞皇長子竺錦川沒有回到為他們準備好的寢處，而是到寧泰殿敘話。

竺太后的目光一直盯著竺錦川，讓竺雨瑤都有點不自在了。她恨死這個白痴，竟然把她一生最重要的時刻毀了！

竺太后面色嚴肅的問道：「錦川是什麼時候生病的？他平時都是由什麼人在照顧？妳父皇對他怎麼樣？有沒有人欺負他？」

「啊……」竺雨瑤呆住了，她原以為太后會問一些她的情況，畢竟她才是嫁到齊國當皇后的人呀，沒想到太后卻甩出一大堆問題，還都是問這個傻子哥哥的。

竺太后看到雨瑤的詫異，說道：「哀家要看看妳對自己周圍的人到底能瞭解到什麼程度，畢竟當皇后可不僅僅要吸引住皇上，還要細緻入微的瞭解自己周圍哪些人可以用，哪些人要防！」

雨瑤這才有了喜色，忙把她所知那些事情都講給太后聽……

聽到竺雨瑤說，原來在錦川還未得病之前，皇兄對他也是很寵愛的，太后的面色不禁緩和了許多。

竺太后叫人喚姜重喜進來，吩咐道：「既然錦兒已經到了齊國，哀家會寫信給皇兄，留他在哀家身邊多住些日子，反正多他少他，南虞也不在意！」

言外之意就是根本沒有人管皇長子，否則怎麼會連他消失這麼久都無人聞問？

姜重喜也不敢非議南虞皇族的家務，只是唯唯諾諾的點頭。

安排完這一切，竺太后衝錦川微笑：「過來，讓姑母好好看看你。」

錦川有點怕生，看了一眼雨瑤，雨瑤只得推他上前，由著竺太后拉住他的手仔細打量。

「陪姑母住在大齊好不好？」竺太后笑問。

錦川認真想了想，問道：「這兒有好玩的東西嗎？有好玩的我就住在這兒！」

竺太后莞爾道：「當然有好玩的東西！」不過那笑容中卻有幾分淡淡的悲戚隱在其中……

My Zombie Princess

第5章
一朵奇葩出牆來

整個皇宮都知道竺太后很心疼南虞皇子和公主，眾人自然也不敢小覷。為了讓他們更快融入齊國的生活，太后還經常命小皇帝散朝後過來和他們一起玩樂。

不過竺太后也發現了，元皓似乎在一天天成熟，他不再把心事都寫在臉上。

竺太后聽忠於她的心腹朝臣說，皇上在處理政事上已經能提出一些獨到的見解，令許多人都驚訝不已，還提拔了一些真正有能力的臣子，而不像過去，只有覺得某人不是淳安王派系的就納為心腹。

淳安王上次把那些烏合之眾都拔去後，皇上倒是變得不一樣了，而且淳安王隱隱有退讓之意，許多事情竟然放手讓小皇帝自己處理……這不是一個好的信號，萬一這對叔姪達成共識，那她……該怎麼辦？

想到這裡，竺太后看了一眼正坐在一旁邊飲茶的元皓，他的目光正望向外面白茫茫的雪景。她突然想到了什麼，露出一絲獰笑……

◎※※※◎※※※◎※※※◎

話說在淳安王的調教下，寧子薰的字練習得已經很好了，還學會了下圍棋，雖然淳安王都不跟她下，她還是有好棋友的，例如薛大鬍子那個臭棋簍子。他們這對好基友……不，是好棋友經常在一起切磋。按淳安王的話來講就是臭魚對上爛蝦，都臭到一塊去了！

本來說好跟大鬍子再戰兩回合，誰輸就到王爺的酒窖裡偷一杯太喜白，結果宮中卻來人傳太后懿旨，宣寧子薰入宮。

寧子薰真不明白，大冷天的太后閒著無聊幹嘛把她叫進宮去？她被裹上厚厚的狐裘塞進馬車向皇宮進發。而且最奇怪的是淳安王竟然未阻止，只是把小瑜的一條髮帶遞給她，奸邪的笑道：「進宮多吃東西少說話！」

這分明是在警告她，如果敢把消息透露給太后，那小瑜的命就保不住了！

寧子薰點點頭，認真的說：「放心，我不會亂說話的。」

淳安王點點頭，轉身而去，身影在雪中格外挺拔俊秀。

太后見到寧子薰依然十分親切，說道：「最近天氣越發冷了，太液池結了層厚冰，皇上和錦兒、瑤兒非要鬧著學滑冰，哀家也不好阻止，只得由著他們胡鬧。寧王妃身手敏捷，可以幫著哀家看著點，別讓皇上受傷了。」

聽說要滑冰，寧子薰來了興致，她看過人類發明的許多冰上運動，十分有意思，便欣然同意，也跟著侍從來到太液池邊。

看到幾個半大的孩子在冰上歡笑著、尖叫著，不再板著臉裝大人，寧子薰也十分心癢，忙套上冰刀下了場。

元皓突然看到寧子薰衝他拚命揮手，不由得瞇起眼睛，咻的一聲滑了過去……練習幾天，他的速度已經很好了。

看到他衝過去，雨瑤不由得皺起眉頭，望向那個一身白狐裘的年輕女人。

「寧王妃怎麼也來了？」元皓瞇著眼睛，表情不知是喜是怒。

幾個月不見，忽覺小皇帝似乎長高了些，而且表情也越來越像淳安王……不愧是叔姪！

寧子薰回道：「是太后讓我來照看皇上的。」

元皓微哂，對一旁邊的太監和侍衛們說：「你們聽見了，是太后命寧王妃照看朕的，你們且留在岸邊伺候著吧！」

說完，他一轉身滑向湖心，寧子薰也忙追了過去。只可惜她沒學過滑冰，還掌握不好姿勢和動作的要領——殭屍力量強大卻靈活性不足，剛滑了幾步就趴在冰上。

元皓回過頭，看到一隻大大的「白毛冰熊」趴在光滑的鏡面上，她抬起頭，抖掉滿頭的雪，鼻子被摔得紅紅的，無辜的看著他。真是笨得……笨得可愛！

元皓轉過頭，不願讓人看見緋紅的臉色，忍住少年衝動的情懷，表情淡淡的向她伸出手。

寧子薰緊握住元皓的手，艱難的爬起來，「多謝皇上！」

她冰冷的手指印在元皓的掌心，他不由得握緊她的手，說：「朕教妳！」

這時，竺雨瑤也已經滑了過來。

這是個懂得如何發揮自身優勢的，很有心機的女孩。因齊國天氣寒冷，太后也賜給她一件雪貂氅衣，她卻命隨嫁繡娘改成短小的披肩，露出豔麗的緋紅色流蘇裙邊，上面綴著數朵用金絲編成花朵盛開在裙襬上，隨著輕盈的動作在冰上彷彿一團流動的火焰，煞是奪目。

她巧笑倩兮，望著元皓說：「不知這位是？」

「寧子薰。」元皓吐出三個字，下意識裡不願意稱寧子薰為王妃。

竺雨瑤的目光落在兩人依舊緊牽的雙手上。她又不留痕跡的掩下不悅，衝著寧子薰施禮道：「南虞公主竺雨瑤，不知如何稱呼您？」

「我是淳安王……王妃。」寧子薰感覺到被元皓攥著的手受了很大的力道。

竺雨瑤這才釋然，微笑道：「論輩分，我該稱一聲六皇嬸呢。」

「在未大婚前，妳還沒資格叫吧？」元皓突然冷冷的插了一句。

寧子薰眨眨眼，不解的看著他，對面那個長相我見猶憐的小蘿莉看來好像馬上要哭了。

「其實叫什麼都一樣，我無所謂。」寧子薰只好衝著小蘿莉擺擺手。

不過小蘿莉好像完全不領情，看她的目光竟然有點……怨恨。寧子薰撓頭，不解。

「皇上，瑤兒還是滑不好……」她可憐兮兮的看著元皓，似乎在等待他的回應。

元皓微聚眉頭：女人，全都是一個樣子！只要給幾分好臉色，就以為可以掌控他！

他冷下臉道：「找妳皇兄，妳看他練得比侍衛們還好呢！」

順著元皓手指的方向，寧子薰驚訝的看到一位十七、八歲的清瘦少年正在冰上……像陀螺一般旋轉著。這速度、這力量……嘔，她眼暈，有點想吐。

要說笁錦川這小子雖然智商不高，可運動神經卻發達得要命，明明第一次來北方，明明第一次上冰場，居然滑得比任何人都好！

笁雨瑤把唇咬得快要滴出血，委屈得跟什麼似的，只可惜元皓根本不看，他拉起寧子薰說：「朕帶妳滑一圈。」

躲開了眾人耳目，在寬闊無垠的太液池上緩緩滑行，寧子薰不禁心情舒暢，不過身邊那位的話語卻讓她一下洩了氣。

「如果沒有太后宣旨，妳是不是打算一輩子避著朕？」

「這……這也不能怪我，你給的鴿子都跑光了。」

她的話遭來一記殺人的目光。

元皓咬牙道：「淳安王府有貓吧？妳應該好好檢討自己有沒有關好鴿籠！」

寧子薰愣住了，難怪那隻肥貓最近都不喜歡吃魚了，敢情換了新口味。

「算了，不提鴿子的事，妳有沒有好好監視淳安王的動向？最近有什麼重要情報？」元皓問道。

寧子薰想了想，把最近淳安王和朝臣所議的事情向小皇帝簡單彙報。

元皓仔細聽著，她所說的事情幾乎朝廷的官員都知道好不好！他不悅的瞇起眼睛道：「就沒有再秘密一點的了？」

寧子薰轉了轉不太靈活的眼珠，嬉笑道：「那取晶片的事有什麼進展？」

小皇帝頓時語塞，那兩個牛鼻子簡直人間蒸發！怎麼找都找不到！雖然他也問過其他道士，竟然都未聽說過「晶片」為何物……

「正在尋找中，怎麼？妳懷疑朕欺騙妳嗎？」轉移話題，絕對要轉移話題！元皓一副「痛心疾首」的表情，悲戚的望著她，「朕……從未對哪個女人如此真心，朕一直在努力的尋找，哪怕找遍天涯海角！朕都不會放棄朕對妳的承諾！沒想到妳竟然懷疑朕沒有用心找人？」

「陛……陛下，是我錯了，我不該懷疑你！」雖然努力向人類靠近，不過寧子薰的智商就像殭屍的本質一樣，只會走直線，轉彎就掉進坑裡。

看著寧子薰羞愧的樣子，元皓理所當然的說：「以後，記得多打探一些重要消息。放心，朕這邊一直在努力找人……」

「是！保證完成任務！」寧子薰立正，行了個標準的軍禮。

他滿足的輕笑，握住那微冷的柔荑，向那片銀裝素裹的柳林滑去。侍衛們雖然擔著心，可也不敢跟得太近，只能遠遠的監視著。

岸堤邊栽種的垂柳被冷霧凝結的水氣凍住，千絲萬縷像晶瑩的珠簾垂落下來，隨風輕輕搖曳著。冰面上倒映著兩個人的身影，在這水晶琉璃般的世界成為唯一鮮豔的顏色。

雖然天氣寒冷，可元皓卻只覺心中暖意融融。這個神奇卻內心單純的女子，是他唯一不願與人分享的珍寶！如果有一天……他真正執掌江山之時，他會建造一個完美的宮殿把她藏起來，讓她只屬於自己！

寧子薰卻根本沒想其他事，她的注意力都被滑冰吸引去了。經過小皇帝的指引和努力學習，不一會兒她也能滑得有模有樣了，不過比起那個「陀螺」還是差得很遠。

寧子薰對元皓說：「冰上運動有很多種，光滑冰也沒什麼樂趣，如果可以組建個冰球隊就好玩了。」

「冰球？」元皓疑惑的看著她。

寧子薰點點頭，說：「就是分為兩隊，建兩個球門，用木桿擊球，只要把球擊入對方球門中就算獲勝。」

「聽起來挺好玩的……」元皓越發覺得寧子薰就像個百寶囊，總是能想出無數匪夷所思的點子。

突然，寧子薰抬起頭，掙開他的手向岸邊跑去。元皓回頭，只見岸邊一襲黑衣的頎長身影立在白皚皚的冰雪世界中，越發矚目。他的眉頭不由得緊皺，他的心也像裹了一層冰，一直向下沉。

淳安王得意的微微揚了揚脣角。最近的馴化成果很令他滿意，只要揚起手做個指令，「寵物」就很聽話的跑過來了！

看著裹得嚴實的寧子薰像隻雪熊一般笨拙的滑著冰刀撲過來，他沒有躲，任她連滾帶爬的用雪沫弄髒他的紫貂披風……看著她笑得眉眼如彎月，不知為何，他的心情也格外好。

「是……是太后讓我來看著皇上滑冰的！」她喘息著解釋道，通紅的臉頰像晚霞般明媚。

他輕輕幫她拂去頭上的雪花，說：「玩得開心嗎？」

他寵溺的表情讓一旁的隨從們不禁驚悚……沒想到淳安王那冰塊臉竟然能做出如此高難度的表情！

「嗯。」寧子薰很認真的點點頭。

作為一名戰士，她從「覺醒」之時就被灌輸要為屍族戰鬥到消亡的理念，似乎玩樂、放鬆、自由這些詞都離她很遙遠，她也從未想過還有一天會這樣生活在人類中間。人類的世界很複雜，她努力去學習，想跟上人類的步伐，她討厭那些利用她的人，覺得人類世界充滿了邪惡骯髒的事情。可是，她也不否認，原來人性的複雜中也有善良、美好，和一種叫感情的複雜東西。

她不確定她能否弄懂這種東西。以前待在淳安王府，是為了偷兵符；後來小瑜被俘，她不能眼睜睜看著他死，所以她留了下來。可越是和淳安王在一起久了，她越是發現淳安王並不像看上去的那般冷酷，他會像對阿喵那樣寵著她、慣著她，就是……不讓她逃出他的視線。

唉～她的自由啊，何時才能找回來？

淳安王有個很不好毛病——「護犢子」。

例如：明明一副不屑的樣子說絕對不跟她下棋，不過看她被大鬍子剋得死死的，又會站在旁邊伸出手來搶過她手中的棋子落在棋盤上，結果通常都把大鬍子急出一身汗，反敗為勝！然後她就會很得意的宣布她又「贏」了大鬍子一場，雖然不怎麼光明。

漸漸的，她得出了一個結論：只有他可以欺負她，如果別人欺負她，就會被修理得很慘！淳安王這個人類……果然心理變態！

時間長了，她發現淳安王不在的時候她就會感到很無聊，看到他出現她就會很高興。難道殭屍也會有「依賴」的感覺？不可能，絕對不可能！她不能依賴任何一個人類，她只需要自由！

想到因為感情而痛苦的人類，例如王嫣、七王爺，他們都一副痛不欲生的樣子，感情這東西絕對比生化武器還厲害，她才不要中毒呢！

看著她又點頭又搖頭，一臉困惑糾結的樣子，淳安王瞇起眼睛，不由得看向那一身明黃的少年。

元皓微笑道：「攝政王怎麼有如此閒情逸致到太液池來？」

「跟戶部官員核准北方軍民百姓的撥款數額，順便……商議皇上大婚的費用支出。」

小皇帝的薄唇抿起來，表情十分不悅的盯著淳安王。

只要兩人一遇到，不是練眼神就是鬥嘴皮……寧子薰望天，覺得男人吶，其實都是幼稚的生物！

看到攝政王等一行官員在皇帝周圍，侍衛和太監們都跑了過來，替皇上披貂裘、送手爐、解冰鞋……

小皇帝把他手中的琺瑯彩錦地盤龍暖爐遞給寧子薰，說：「經常在冰山旁邊，小心凍出病來！」

淳安王沒說話，從她手中搶過火爐丟給隨從，然後從袖中抽出一條潔白的帕子，抓起寧子薰的爪慢慢擦著……好巧不巧的，正是小皇帝剛剛握著的那隻。

「不該碰的東西以後不要碰，萬一被灼傷就只能砍掉這隻手了！」

噗……灼傷用得著砍手嗎？真是赤裸裸的威脅啊！寧子薰覺得這隻手都快被他搓出泥了。

這時，太液池的另一邊傳來一陣騷亂。有兩個侍衛慌慌張張的跑來，磕下頭稟道：「皇上、攝政王，不好了，南虞大皇子掉進冰洞中了！」

眾人急忙朝那個方向奔去，到了跟前，只見接近湖心的一處冰裂成碎片浮在水中，笠雨瑤站在斷裂的冰面前大哭。

淳安王皺眉喝道：「還不把端惠公主拉回來！這裡危險！」

小皇帝也質問道：「到底發生何事？南虞皇子怎麼會掉下去的？」

一邊的侍衛和太監跪倒一片，領頭的侍衛長戰戰兢兢的回道：「卑職們一再勸阻過，不能在湖心滑冰，只怕湖心水深，不曾凍得結實。公主和皇子也一直都在靠岸的附近玩耍。誰知南虞皇子非要跟侍衛們比速度，還沒等大家反應過來，他就衝出去了……結果……結果……」

「結果就是你們守護不利！來人，把他們幾個都給朕抓起來！」皇帝震怒。

淳安王看了一眼，冷森森的說：「既然是你們幾個的失誤，就應該挽回，是淩遲還是跳下去救人，自己選！」他的目光望向那片沉冰。

幾個侍衛的臉比地上的冰還白……如此寒冷的天氣，別說要救人，就算是游一圈都得凍成冰塊！

「我來！」

只聽撲通一聲，冰湖漾起一圈圈漣漪，雪地上只剩下一件白狐裘。

「寧子薰！」小皇帝大吼。

「該死的！」淳安王咬牙撲了過去，卻被身邊的侍衛們抱住。

「不行啊，王爺！這麼冷的水人是下不去的！卑職們已叫人去拿撈網了，馬上就能把王妃和南虞皇子救上來！」

看著水面冒起的一串串氣泡，他的心似乎也陷入了前所未有的恐慌……這種陌生的感覺是他從未體會過的。失去她的恐慌蔓延全身，比他所中的寒毒更讓他痛入骨髓。

不可能……他怎麼會為了一隻「寵物」而產生這種感覺？

許多年前，幽暗深宮中的那一幕又驀地出現在腦海中……鮮血、死屍、扭曲的面孔。還有那一句：「永遠不要相信任何人！」

人，會因產生情感而依賴，會因依賴而產生信任，但這信任就是把刀柄付與人手，任人宰割！他發誓永遠不會對任何人產生感情，不會讓別人傷害自己……

是他放縱了自己的感情，讓這隻野貓在他心中肆意亂走，是該修正錯誤了！

拳頭握緊又鬆開，淳安王突然轉身，向岸邊走去。

小皇帝急切的忘記稱呼：「你要去哪裡？寧子薰還沒救上來呢！」

「是她自己跳下去的，如果死了也怨不得旁人！」

狂風捲雪，淳安王的身影漸行漸遠，消失在一片雪霧之中。

看到眾人的動作都停頓了，小皇帝不禁怒喝道：「還不快點打撈！」

時間一分一秒過去，撈網卻什麼都撈不到，湖面因重錘砸擊而產生細碎的裂痕已然不能承受這麼多人的重量，大臣們只好苦勸皇帝到岸邊等待。元皓的拳狠狠捶在冰上，鮮血染紅了冰層。

「皇上！」竺雨瑤衝過來用絲帕包住他的手。

元皓猛地推開她，臉色深沉得可怕。望向竺雨瑤的目光透著肅殺之氣，讓她不禁顫抖起來。她突然明白了，如果那個淳安王的王妃死了，無論她再做什麼，都不能讓皇帝對她再有一絲好感了！

可是為何身為夫君的淳安王漠不關心的走了，而皇帝卻如此焦急？這究竟是怎麼回事？

這時，更多的侍衛也趕來了，扛著鐵錘木桿，從四面布開巨大的網開始救人。

而太后也聞訊趕到，面色如紙，臉上說不盡的悲戚。

明明知道如此極寒的冰湖，何況已落水這麼長的時間，只怕凶多吉少，可是眾人依然不敢說放棄，只有更加賣力的搜索寬廣無邊的湖面……

正當眾人的心煎熬無比，越來越失望之際，極遠處突然從厚厚的冰層下方傳來一聲悶響。

接著又是一聲，冰塊和湖水猛地噴湧而出，只見洞口露出兩個腦袋，眾人都不禁驚呆了。

元皓毫不猶豫的衝了過去，侍衛們搭繩子把寧子薰和已經失去意識的南虞皇子拉了上來。

元皓解下身上的紫貂裘裹住寧子薰，感覺懷中就像抱了個冰塊，他抱起她轉身走向岸邊。

看著她蒼白的面孔和凍得發紫的嘴唇不禁揪心，元皓低沉的吼了一聲：「快傳御醫！」

太后和竺雨瑤也跟著護送竺錦川的人馬趕回宮中，床前架起四個火爐，竺錦川還有一絲微弱的呼吸，太后心疼欲絕卻不能表現得太明顯。

侍衛們急忙解開已結上冰碴兒的衣服，露出那清瘦的身體，太后的目光突然集中在竺錦川的小腹……她的目光從驚訝到疑惑，最後化作深深的恨意，她緊咬朱唇衝出大殿，手指狠狠插入掌心！

侍女兼暗衛綺煙悄悄跟了出來，低聲道：「太后怎麼了？」

竺太后定了定心神，從袖中拿出一方玲瓏袖珍玉印，咬牙說道：「妳即刻出宮回南虞去，只要有這塊玉印，過去屬於祁王的暗衛一定會聽命於妳，妳幫哀家查一件事……」

而斐宸宮也一樣忙碌，宮女們把寧子薰身上的濕衣換下，又烘起地龍。泡了一個暖暖的熱水澡，寧子薰又恢復了生龍活虎的模樣。

看著她被爐火暖得通紅的面頰，還有那雙雖然呆板卻純清透澈的眸子，元皓說不出的安心。事到如今，只怕流言已布滿宮闈朝堂，就算是醜聞又怎樣？他才不會害怕呢！越是這樣，六皇叔放手的可能就越大，反正他是個心冷意狠的人，根本不在乎寧子薰的死活！想到他如此對待寧子薰，元皓就一肚子火。

宮女捧上皇帝指定的御用飲品——萬春銀葉茶。

小皇帝卻親手送給寧子薰，「喝點熱茶去去寒氣。」

「多謝陛下，我沒事，就是救人時耗費了些力量，有點睏而已。」寧子薰把茶盞放在桌子上。

「以後不要再做這麼危險的事了，知道嗎？」元皓的聲音中多了幾分嗔怪。

寧子薰默默的點了點頭。她沒告訴小皇帝，主要是那個南虞皇子命大，沒有沉到最深處，而是被兩塊碎冰夾住了，如果沉到底，她也潛不下去那麼深的地方，就算要救人類，她也不會搭上自己性命的。

「淳安王呢？」寧子薰抬起頭望向小皇帝。

「他……」小皇帝瞇起眼睛，對於抹黑六皇叔，他一向是不遺餘力的，「他見妳落水，便轉而走了。還說什麼『是她自己跳下去的，如果死了也怨不得旁人』……這種人根本沒心！跟著他，妳受苦了！」

元皓趁機握住寧子薰的柔荑，心裡喜孜孜的。

寧子薰側頭，說：「他說的沒錯，如果沒有能力救人的話，跳下去根本就是送死。我估算過自己的下潛深度和所能承受的最低溫度值，認為自己有百分之七十的可能性把人救上來，才跳下去的，否則跟自殺有什麼區別？」

元皓：「……」

真被寧子薰的「理所當然」打敗了！原以為寧子薰會被「負心人」傷得梨花帶雨，到時他就可以出手安慰，以搏美人好感……可是寧子薰的大腦迴路果然跟正常女人不同，不愧是朵「奇葩」！

寧子薰整了整衣袍，起身道：「多謝陛下照顧，天色已晚，我也該回王府了。」

「妳……妳就這樣走了？」元皓急了。

寧子薰低頭看了看自己這身華美的衣服，說：「等明天叫人送回來還給皇上。」

小皇帝元皓很想飆淚：寧子薰，妳還能再遲鈍一點嗎？只要是個女人……不，只要是個人類都能看出朕的心意吧？

情竇初開的小皇帝，傷不起的玻璃心碎了一地，寧子薰卻根本沒看見，踩著一地碎末走出皇宮。

卻沒想到馬公公親自等在宮門外，他的面色不太好，大概也聽說了宮中所發生的事情。他看到寧子薰平安歸來，臉色才稍微緩和。

扶寧子薰上了馬車，馬公公也跟了上來，把手中的斗珠披襖蓋在她身上。

馬車吱吱呀呀的向王府進發，半晌，馬公公才表情苦澀的說：「王妃不要埋怨王爺……他有他的不得已。」

寧子薰嘆口氣道：「你們都怎麼了？我為什麼要埋怨淳安王？從體力上來說，在場的人都沒比我更合適去救人，他們跳下去也只是白白犧牲幾條生命，而且還救不了南虞皇子。這關淳安王什麼事？難道他能阻止得了我？或者你們覺得他更適合救人？」

有時候不得不承認，人類和殭屍的區別在於……殭屍，真的不會轉彎！

馬公公默默的看著寧子薰，他覺得眼前這個女子才是最適合跟在王爺身邊的！無論是月嫵還是雲初晴，對王爺最初都是瘋狂迷戀的，到後來就會奢求得越來越多，希望王爺像普通男人那樣保護她們、關懷她們。

她們不懂，王爺他是不會對任何人敞開心扉的。所以，若想不受傷，只有好好的守住自己的心才行！而寧王妃，她就是能站在王爺身邊的女子。她不光身體強悍，連內心也一樣強大，就像沙漠中的仙人掌，無論驕陽如何暴虐，依然會頂著滿身的鋼刺矗立在惡劣的環境中。

◎※※※◎※※※◎※※※◎

回到王府，馬公公進了麟趾殿，輕聲稟道：「王爺，王妃回來了，安然無恙！」

幽暗的燈光下，那修長的身影似乎顫了一下，一滴墨落在潔白的紙上！

半垂的眸子隱在黑暗中看不出任何表情，他只是低聲說：「知道了。」

他沒有回頭，卻能聽到那熟悉的腳步聲漸漸走近……不知為何，他渾身的肌肉都緊繃起來，他逼自己平靜下來，注意力集中在奏摺上。

而身邊的人卻平靜的坐在屬於她的小桌前，展開宣紙，輕輕磨墨，像每天晚上一樣練起字來。

淳安王不禁側頭，望向寧子薰。她的目光中沒有委屈和不甘，平靜得像是什麼事都未發生過。

感覺到淳安王的目光在注視自己，寧子薰抬起頭看了一眼，說：「今天寫到《莊王本紀》了吧？」

淳安王瞇起眼睛，心想：腦袋空也就算了，關鍵是還進水！如果不是灌多了冰水，就是她在偽裝！

他轉過頭陰冷的說：「不用擺出一副不在意的樣子，本王知道，妳一定在心裡罵本王千遍萬遍了吧？」

「我為什麼要罵你？」寧子薰側頭，十分不理解，「體力不足不是你的錯，如果不是你要那幾個侍衛跳下去，我也不會去救南虞皇子的。」

「別在這個時候裝傻了！」淳安王咆哮道，「其實妳恨不得把本王千刀萬剮吧？本王曾經……兩次置妳的生死不顧，妳理應恨本王，不用再偽裝了！」

寧子薰平靜的看著他，問：「難道因為這樣我就必須生氣嗎？我記得那天在城牆上，呼和圖用刀威脅王爺，王爺說做你的女人，就要有面對危險的準備，如果不夠強，就沒資格站在你身邊。王爺說的並沒有錯，我不會成為別人的累贅，不會讓王爺為救我一人而犧牲其他無辜的生命。雖然戰爭是殘酷的，可每一條生命都是值得被尊重的，不累及無辜才是正確的選擇。」

「這次救人也一樣，我選擇去救南虞皇子是因為我有這個能力，又不是跳下去送死，就算真的死了，也沒理由去責怪別人沒救我。王爺沒有必要把救我當成責任，因為……王爺和我根本沒有任何關係……當然，除了小瑜還在你手裡。」

開始的時候淳安王還算平靜，可後來聽寧子薰說「跟他沒任何關係」時，不知怎的心中像被重物擊了一下，猛地一擂。

淳安王深潭般的眼中沉著碎冰，散發著陣陣寒意。養隻貓狗還會懂得主人對牠的好，知道對主人乞憐，可這個傢伙憑什麼在跳下冰湖的瞬間讓他體會了那種蝕心般的痛楚？就算對她好或者不好，她都不會在意，因為她骨子裡根本就沒把他當成主人！

這隻笨貓憑什麼讓他牽掛上心？憑什麼一句「沒任何關係」就否定了他所付出的感情？哪怕這感情只是「主人」對「寵物」的，他也不容許這個傢伙心裡沒有一絲他的存在！

淳安王咬牙道：「沒有任何關係？妳既然是本王的妃子，就永遠不能離開本王！」

看到淳安王那「凶惡」的表情，寧子薰徹底暈了……她只不過是陳訴事實啊！哪裡又得罪他了？人類真是又小氣又愛生氣的物種。

「本來就是啊！要不你把小瑜還給我，就不算你挾持人質……」寧子薰沒膽質問，用手指扣著桌角小聲嘀咕。

一提到小瑜，淳安王就更怒了，這個長相妖嬈的少年男扮女裝在王府混了這麼久，還跟她同寢同食，到底跟她有沒有私情？他沒有派人嚴刑拷問，只是把小瑜關在安全的地方，時機到了自然有他的用處。

不過，一想到寧子薰是因為小瑜才留在自己身邊，心中就有說不出的惱火，只是這火卻不知從何發起……因為他如此高傲清冷的人，怎麼可能明白這種感覺叫吃醋？

「哼，妳做夢！一會兒本王就派人去用重刑，讓他求生不得、求死不能！」淳安王脫口而出。

淳安王不知此時的他有多幼稚，就像個搶了別人寵物的小孩，因為寵物跟他不親而責怪原來的主人。

「你……你不要對小瑜用刑，他又沒得罪你！王爺……是我錯了，你要我怎樣都行，求求你！」寧子薰慌了，上前拉住那玄色衣角哀求道。

可殭屍卻不懂，越是為那個少年哀求，就越是激起淳安王的怒意。

淳安王看著寧子薰眼中的急切，更加生氣，心中卻升起奇怪的想法：雖然他不可以喜歡上這隻「寵物」，不過他卻要這隻「寵物」的心中眼裡只有自己！要把小瑜從她心中趕出去，讓她只為自己綻放笑顏……

想到寧子薰像阿喵一樣用痴痴的目光注視自己，在他腿邊蹭來蹭去，只喜歡依賴他，淳安王不禁嘴角向上微彎，說道：「好吧，本王爺就先放他一馬！不過有個條件。」

「什麼條件？」寧子薰雙眼放光問道。

My Zombie Princess

第6章 小殭的學習日誌

淳安王生硬的轉過頭，不讓寧子薰看到自己的表情，低聲說：「……扮成貓娘，本王就原諒妳！」

寧子薰側頭，頭上懸著小問號：淳安王他不是討厭貓娘嗎？

不過，聽到淳安王放棄折磨小瑜，她還是很高興的。要虐就虐她吧，她體力強！

而且好在當時貓娘的衣服還沒有丟，被她隨便裝進一個黃花梨箱子，現在終於又有用武之地了！

看著她高興的跑掉，淳安王不禁想：這麼單純的傢伙，心裡到底裝著些什麼呢？

然而，當「貓娘」來到身邊，淳安王馬上覺得這不是折磨寧子薰，簡直就是折磨自己！

在不太明亮的燈光下，那誘人的曲線在光與暗的作用下更加明顯，每一個部位都彷彿是精心打造的，他不得不承認，「貓娘」這身衣服是最能凸顯寧子薰優點的！

雖然她並不美豔，可正是那不解世事的純真目光和美豔動人的身材，更加令人血脈賁張，忍不住想要抱在懷裡……揉她那雙毛茸茸的假耳朵！

他深吸了一口氣，坐下來提筆繼續批奏摺。

但說寧子薰倒是個Cosplay忠實粉絲，一穿上貓娘裝，馬上就進入了角色。

「主淫……」寧子薰爬到淳安王腿邊，把頭靠在他的膝蓋上蹭了蹭，討好著他說道：「貓娘不吃鹹魚……」

敢情她還記著「鹹魚」事件呢！淳安王忍俊不禁，冰冷的嘴角也染了上了一絲笑意。他捏著寧子薰尖如蓮瓣的下巴，讓她抬起頭看向自己，糾正道：「不是主銀，是主人！」

寧子薰馬上乖乖改口：「是，主人！」

淳安王滿意的點點頭，說：「貓娘，妳知道寵物必須只對主人忠誠，而且眼中只能有主人。所以，妳要學會當個合格的寵物，只能喜歡主人並聽從主人的命令！」

「喜歡？」寧子薰側頭，茫然的說：「我都不知道什麼是喜歡……要怎麼樣才能喜歡上主人呢？」

「本王會教妳的。」淳安王瞇起眼睛，像一隻狡黠的狐。

寧子薰想了想，抬起貓爪小心翼翼的問：「如果學會了，有沒有獎勵？」

淳安王淺笑：「如果妳真能學會喜歡，想要什麼主人都會答應妳！」

「真的？」寧子薰眼中閃著許多細碎的小星星，無比激動。

如果淳安王什麼都敢答應，那她就要他放了小瑜！

淳安王點點頭，握住她柔軟的貓爪子，說：「本王一諾千金！」

「好！我……不，貓娘一定會很努力學習，喜歡上主人！」寧子薰激動得差點上去舔淳安王幾口。

看著她激動的樣子，淳安王不禁微微一笑，心想：小傻瓜，如果妳真喜歡上我，就再也不會想要從我身邊逃離了！

可是對於如何喜歡一個人，淳安王這傢伙根本就是五十步笑百步，他也沒有經驗，其水準幼稚，自然也教不出好學生來。

「那……貓娘該如何喜歡上主人呢？」寧子薰的下巴枕在兩隻「貓爪」上，好奇的看著淳安王。

喜歡課程的第一課……淳安王皺了皺眉，說：「應該是同床共枕吧？今晚妳就不用睡地上了！」

其實這根本是本末倒置好不好！同床共枕明明是最後一課！

可喜歡逆天的淳安王怎麼說，呆殭屍都不會反對，畢竟人類懂得的東西比她多嘛！

不過寧子薰還是有點彆扭，太過靈敏的感官讓殭屍能感覺到身邊幾十公尺內的風吹草動。她都習慣自己單獨占一塊地方了，旁邊多個人還真不舒服。但是為了上好「喜歡」課，她也只能忍了！

寧子薰對淳安王說：「我要出去練習吐納，一會兒再回來『同床共枕』！」

每天晚上練完字，寧子薰都會到院子中對著月亮吐納兩個時辰，她說這是保證身體健康的必要練習。而這個時間，淳安王一般都在批閱奏摺，然後等寧子薰回來就安寢了，第二天一早他就會匆匆離開王府上早朝。

雖然不知道這是誰教她的，但她只是在院中靜坐一會兒，淳安王也不在意，便點點頭，繼續批閱奏摺。

寧子薰走到院中「曬月亮」，不過她覺得不能去養屍地，練功進展緩慢多了，只能勉強保證自身消耗，根本沒有任何進步。

幸虧有那枚血色結晶，每當對著月亮，它就會發出淡淡的紅光，她覺得結晶吸收的力量比她更大，而且把它放在口中就能感受到力量的湧動……

她練完功，便跳上樹，把結晶體放在樹枝上，繼續吸收能量，然後回屋去完成淳安王布置的「作業」。

可是當寧子薰走進房間時，卻不由得愣住了。

書桌上的奏摺很整齊的疊成一疊，而淳安王正倚在床上悠閒的「看書」，收斂起往日的冷硬，慵懶得像隻優雅的黑豹。他那黑色的袍子微微敞開，露出健壯的胸膛，柔柔的燭光讓那張俊美的臉也多了幾份溫和。

淳安王抬起頭看到寧子薰，低聲說：「過來……」

沒人能看出，其實黑豹也非常緊張……如果可以，他很想教呆貓如何捕獵，而不是談什麼叫「喜歡」！這個課題他也是生手。

這次終於能睡到柔軟的床和枕頭，可寧子薰心裡還是不高興……因為要和淳安王共用！

她爬上床，保持防守姿勢蜷成一個團。

淳安王看著這個「貓團」，不悅的瞇起眼睛，他伸手攬住她的腰，把她拖進自己懷中。

這種感覺很陌生……他從不會容許任何女人靠近，在他的記憶裡，也曾有女人用盡各種辦法爬上他的床，黑暗中炙熱的肉身如蛇般纏繞住他，除了噁心和厭惡，他再也沒有任何感覺！因為他知道，這些女人都是抱著目的接近他的。

但寧子薰則不同，他對她的身體沒有絲毫厭惡，反而有點小小的悸動。腦海中不由自主的浮現出溫泉池的香豔畫面……他急忙搖頭，甩掉那些旖念，專注於眼前。

雖然她很乖沒有反抗，可身體卻散發出拒絕的信號。她的身體很涼，還帶著一股外面清新空氣的味道，很好聞。而且她的身體很嬌小柔軟，抱在懷中真的像隻小貓。這一切對於淳安王來說都是新奇的，他第一次毫無戒備的擁抱一個女人，不……一隻寵物！他在心裡小聲糾正道。他是絕對不會把寧子薰當成女人看待的！

一縷細滑的髮絲掃過他的臉頰，她像隻不安的小獸把頭伏在他的胸前，微冷的鼻尖貼在他胸口，呼出的熱氣噴在他的肌膚上……

淳安王暗自咒罵了一聲：該死！

他咬牙命令道：「轉過身去！」

寧子薰抬頭迷茫的看了一眼，黑暗中淳安王的面孔泛起一絲可疑的紅色，心跳也快了不少。她下意識的伸手想摸他的額頭，確定是否發燒，卻被淳安王捉住手。

「轉過去！」他的聲音有點憤怒。

寧子薰只好轉過去……依舊蜷成一個團子。

淳安王很不解，怎麼會有人是這種睡姿？只有動物才會在睡覺時蜷起來吧？這個傢伙！他強行摟住她的纖腰，逼迫她側著身子睡好。把下巴頂在她的頭頂，柔軟的髮絲摩挲著他的下巴……彷彿這樣他心裡才覺得很安心。

而看到屏風上搭著的淳安王的衣服，寧子薰又開始蠢蠢欲動了——趁這個機會如果能查查淳安王的荷包就好了！

可是……淳安王的手就搭在她的腰上，要等他睡著了才能行動。

就這樣，寧子薰等啊等啊，終於等到淳安王呼吸均勻了。她輕輕拿開他的手臂，下了床摸到屏風邊，剛剛拿起荷包，只聽背後傳來冷冷的聲音：「原來妳這麼喜歡荷包，那送妳了，本王還有很多！」

寧子薰身子一震，然後垂頭喪氣的轉過身，低聲說：「多謝王爺……」

好失望，原來兵符也不在荷包裡！沒有找到兵符，又失去了小瑜，她這個戰士真是太失敗了！

「過來！」

淳安王的聲音聽起來十分不悅。

寧子薰只好蹭了過去，卻被他狠狠摟住。淳安王在她耳邊輕聲說：「妳忘記本王說過的話了？如果喜歡上本王，就能滿足妳一個願望……」

「當然沒忘！」寧子薰猛地抱住淳安王的腰，在他胸前蹭來蹭去，「我會努力學習喜歡主人的！」就差在屁股後面出現一條搖來搖去的尾巴了。

淳安王翻了個白眼，按住她道：「睡覺！」

養一隻聽話的寵物固然重要，可太好欺騙了也很讓主人沒有征服欲啊……

◎※※※◎※※※◎※※※◎

第二天早上，兩人同時爬起來，都從對方的臉上看到了兩個大大的熊貓眼。果然，兩個有著強烈「領地」觀念的人還是不適應同床共枕。

淳安王起來打開門，外面的侍女早已捧著洗漱用品和衣物候在外面了。

淳安王洗漱完畢，侍女為他整裝，對著鏡子他看到寧子薰正齜牙咧嘴像隻炸了毛的貓一般，不願被侍女們戴上奢華的頭飾。

淳安王不禁輕笑，卻嚇得司衣侍女把手中的玉鉤帶掉在了地上。誰看到淳安王微笑能不害怕？看到他笑的人都下了地獄……

她從淳安王分府以來就一直伺候他，最開始是李娘娘安排給兒子的貼身宮女。她比淳安王大幾歲，原本也還有奢望之心，可是當她看到與她同時選入王府的另一個司寢侍女企圖色誘淳安王，而被他折斷胳膊、劃花了臉趕出王府，就再也不敢萌生此心了！

淳安王府的侍女們都知道，王爺為人冷漠，對女色更是毫不在意，就連對月嫵、王嫣那樣的美人都毫不留情，她們這些小侍女又怎敢再有異想？

在她的記憶中，還似乎從未見過王爺微笑，只有一次……他當眾對一個企圖行刺他的、潛入王府好幾年的侍衛行刑。那個侍衛寧死不招，他對那個人微笑了，然後把他的肉一片一片割下來燒好，再餵給那個侍衛。空氣中飄散著人肉的焦味，幾乎所有的侍女都吐了，直到有一個侍女走出來承認她是同黨……

所以看到王爺微笑，就等於死神招手。千萬不要惹王爺「微笑」，這可是淳安王府下人們都心知肚明的！沒想到今天，她竟然「有幸」看到了此景。

司衣侍女嚇得跪在地上，渾身顫抖道：「王……王爺，奴婢罪該萬死。」

卻沒想到只是聽到王爺輕描淡寫的說了句：「一只玉鈿子而已，至於如此嗎？起來……」

她不敢相信自己的耳朵，忙抬起頭，卻看到淳安王根本沒看她，目光流連在寧王妃身上，看著她氣哼哼的被戴上一堆首飾，不滿的嘟起嘴。然後，王爺又笑了一下……

嗚嗚……如果不是害怕，她真的好想奪門而逃……

——王爺，求您不要再笑了，您沒看到全體侍女都在發抖嗎？

淳安王根本沒有自覺，居然還瞇著眼走過去，說：「王妃，本王很『欣賞』妳華麗的打扮，明天再取五十兩黃金讓金匠打一個實底兒的金頭面給妳戴！」

「啪噹……」好幾個侍女都把手裡的東西掉在了地上。

「奴婢該死！」眾人齊齊跪倒。

看著一堆急著「該死」的人，淳安王黑著鍋底臉拂袖而去，寧子薰忍不住樂了，揮揮手說：「都起來吧！」

只有端著燕窩的那位侍女意志力還算堅強，竟然沒有把盤子摔在地上，寧子薰向她招了招手……都是馬公公，說什麼每天早上起來用燕窩漱口可以養顏，非逼著她吃燕子窩！

可是那個侍女卻沒動彈，半天才紅著臉囁嚅道：「王……王妃，對不起，奴婢腳麻了！」

用過早飯，寧子薰又不例外的去花園散步——其實是去找個地方把吃的東西吐掉、掩埋。

她這個王妃當得真是好不悠閒，所有的事情都交給馬公公去辦，至於外事活動和京城貴婦的社交，淳安王以她生病未癒為名全攔截了，所以她每天就是混日子而已。

以前當姨娘時，還需要去向正牌王妃請安，現在輪到她做王妃，連請安都免了，因為她不喜歡看到太后賜給淳安王的「四美」在眼前晃！

那幾個女人除了心理黑暗，還會使用這個時代女性人類的專業技能——宅鬥。

如果是比武鬥，寧子薰還有點自信，但是宅鬥她就遜色多了，因為多數情況下，她根本聽不懂這些女人在說什麼。對她來說，她們說的比火星語還難懂！更別提讓她理解她們在想什麼了。既然弄不懂，她乾脆把她們當病菌隔離掉。

她們也來哭鬧過幾次，不是藉口被剋扣了用度，就是藉口要見王爺。後來不知馬公公用了什麼手段，她們幾個就再也沒來過了。

寧子薰「逛」完花園，就叫人去找薛大鬍子，沒什麼事便與他過兩招。

薛大鬍子是王府侍衛總管，所以基本上都是住在府中，一召即到。

在偌大的花廳擺上棋盤，侍女們點燃上等的薰香，火爐把整個殿室烘得溫暖如春，寧子薰拄著腮等薛大鬍子來。

兩個臭棋簍子在沒有淳安王這個「外援」的情況下，互相廝殺。

不過今日，寧王妃顯然不在狀況內，不但下棋緩慢，還經常走神，半天都不知道在想什麼。薛大鬍子不耐煩的敲了敲桌子，說：「王妃，您這局該認輸了吧？」

寧子薰幽幽的嘆了口氣，問道：「大鬍子，你說該如何喜歡上一個人？」

「呃？」薛大鬍子瞪圓了眼睛看著她。

與此同時，正在馬車上的淳安王對著面癱狀的馬公公，也問了差不多的問題：「你說該如何讓一個人喜歡上？」

馬公公面露喜色，湊上來問道：「王爺，是想讓王妃喜歡您吧？這還不簡單，快點生下小世子，王妃喜歡自己兒子，就會愛屋及烏的喜歡上您！」

馬公公本末倒置的程度比淳安王更加逆天！

淳安王黑著臉推開他，很後悔自己沒控制住。問一個根本就沒有感情經歷的太監……這不是自找麻煩嗎？

而薛大鬍子顯然比馬公公有水準多了，他皺眉想了半天，說：「如果是喜歡的話……應該是第一眼見到，就能確定是不是喜歡一個人吧？」

寧子薰眼中閃著星星，崇拜的望著薛大鬍子，沒想到薛大鬍子竟然很瞭解人類的感情！然後她苦惱的撓了撓頭，問：「那如果第一眼、第二眼、第N眼看到都沒有喜歡，可怎麼辦？」

薛大鬍子捋著鬍子說：「感情嘛，可以慢慢培養。」

「怎麼培養啊？」她和淳安王又不是種子，種在土就能「培養」出感情嗎？

「哎！我說王妃，您也真是……這都不明白！」薛大鬍子瞪了她一眼，「想要喜歡一個人就要發現他的優點，深入瞭解他，而且要投其所好，這樣慢慢就喜歡上了！」

「哦。」寧子薰點點頭，繼續陷入沉思。

薛大鬍子看了眼殘局，搖了搖頭，就知道寧王妃又找藉口不認輸了！

喜歡一個人就要發現他的優點……淳安王有什麼優點呢？寧子薰望天，努力回想……她被逼吃鹹魚、被套上鎖鏈、還因為小瑜而被迫留在他身邊……寧子薰扶額，好像真想不出這個傢伙有什麼優點！

等到馬公公送淳安王入宮回來後，寧子薰把馬公公請到她屋裡，忸怩了半天，問道：「王爺他……有什麼優點？」

雖然馬公公從那次小瑜的事情就明白了寧子薰是間諜，以前的種種跡象就已表明這位絕對不可能是寧家大小姐，而憑著用門栓打死敵人的怪力，也不可能是根本不會武功的閨閣小姐！除了太后，還有哪個沒腦子的女人會派這種人當間諜啊！

不過，他卻沒辦法把她當成敵人，因為他看得出來王爺分明把她吃得死死的，而且她擁有那麼恐怖的力量也沒有對王爺出手。更何況王爺吩咐任何人都不准對她動手，這說明對女人毫不動心的王爺對這位還是有所不同的。

而且她竟然問出這種問題，聯想到今早王爺突然說的那句話，馬公公笑得瞇起眼睛……這兩個人，有戲！

他咳了一聲，很自豪的說：「提起我們王爺，那真是文武雙全、風流倜儻，且不論文韜武略、治國安邦的大事，就連遊戲玩樂也沒有不會的！什麼馬球蹴鞠、捶丸博奕……真是無一不通、無一不曉！」

寧子薰聽得直翻白眼，就算淳安王什麼都會，也不足以成為她喜歡的理由吧？於是她反駁道：「淳安王會打冰球嗎？」

「冰球？」馬公公眼也直了，他聽都沒聽說過。

「冰球就是穿上冰鞋，在冰場上用曲棍把球打到對方球門裡的簡單運動！」寧子薰一口氣解釋完。

其實冰球是很耗費體力的，而且身體很容易受傷。

「這是妳編出來的吧，老奴在宮中這麼多年都沒聽說過！」馬公公雙手插袖不滿的說。

「誰說的？連皇上都知道有這項運動，只不過大齊不流行罷了！」

……其實皇上昨天才剛剛知道。

馬公公皺起眉頭，他才不肯在寧子薰面前貶低王爺的才學。於是他說：「等老奴回來問問王爺，許是王爺知道，卻沒告訴過老奴。」

寧子薰趴在桌前，她很憂鬱，儘管淳安王有如此多的「優點」，可她怎麼還是沒有喜歡的感覺呢？

她把一疊紙用線裝訂好，然後加了個封面，提起筆在紙上寫第一篇關於喜歡課程的「學習日誌」——

喜歡……是一種複雜的人類情感。

王爺說要「同床共枕」……結果我失眠了！因為陌生的氣息讓我時刻在警戒狀態。

大鬍子說要「發現他的優點」。優點是找到了，可我卻依然沒找到「喜歡」。

不管怎樣，我要快點「喜歡」上王爺，這樣才能救小瑜！

小瑜離開我已經兩個月零十九天了，我很想他……

寫完後，她把日誌塞進床底下裝書的箱子最底層，因為她不想讓任何人看到。

到了晚上淳安王回來用晚飯，輕描淡寫的提起「冰球」，寧子薰就知道被馬公公這個老狐狸出賣了！

「聽說皇上也知道冰球如何打？」

他夾了一箸老鍋燉鴨肉放在寧子薰碗裡，鴨子冒著熱氣，可他的聲音卻冰冷得讓寧子薰打了個冷顫。

「只不過那天滑冰無意中跟皇上提起的。」她埋頭吃飯，心虛的解釋道。

淳安王只是「嗯」了一聲，居然沒再追問下去，寧子薰這才把心放下。

又到了晚上「同床共枕」課，寧子薰有點抗拒，明明試過不好用就應該停止，可淳安王卻不同意。

「我還是比較喜歡睡地上。」寧子薰抱著被褥說。

淳安王瞇起眼睛沒說話，只是一口氣吹滅了蠟燭。只見帳中散發出點點微弱的光芒，好像二十二世紀滅絕的昆蟲——螢火蟲！

這種昆蟲對生存的環境要求極高，而二十二世紀的重度汙染顯然不適合牠們的生存，所以寧子薰對牠們的認識僅是在科普讀物上而已，在這個世界才看到了活體。不過現在是冬季，不可能有螢火蟲啊！

寧子薰好奇的赤著腳跑過去，卻被淳安王一把拉入帳中。

躺在柔軟的大床上，寧子薰看到帳頂懸掛著一顆真正的夜明珠，不過夜明珠是裝在一個容器中，容器上有無數個小孔，柔柔的光就是透過小孔透出來的，散在床上、帳子上，還有淳安王的身上……像星光絢爛迷人。

這時，外面傳來縹緲的樂聲，輕柔婉轉，聽起來十分舒服。

淳安王與寧子薰並肩躺在床上，他的左手與她的右手十指相扣，就這樣靜靜的躺著。寧子薰沒有說話，因為她看著黑暗中那點點「星光」已經入迷了。

他的手很粗糙，大概是因為常年習劍，不過卻也很溫暖，讓她的緊張放鬆了下來。耳邊的樂聲愈加纏綿，眼前的景象也越來越模糊，不知何時，她竟然安靜的睡著了。

◎※※※◎※※※◎※※※◎

隔天，睜開眼睛，淳安王已經不在了。寧子薰揉了揉眼睛，她竟然毫無防備的在身邊有其他人的情況下睡著了？這真是不可思議。

剛剛過午，馬公公進來對她說：「王爺請王妃入宮一趟。」

寧子薰側頭問：「有什麼事不能在王府說，幹嘛去皇宮啊？」

「您到了就知道了！」馬公公微笑著賣關子。

寧子薰只得收拾了一下乘車入宮，馬公公沒有帶她到宮中，而是直接去了太液池。到了太液池，只見沿著河岸冰層結實的地方已圈起圍欄，一隊侍衛頭裹棉巾，穿著冰鞋排成一列站在冰上，手中拿著曲棍。而淳安王也一身黑色武服立在冰上，見到她便滑了過來，挑眉道：「這是本王為妳組建的冰球隊！以後如何打球，就聽王妃指揮了！」

侍衛們動作整齊劃一，半跪冰面道：「卑職願聽王妃指揮！」

寧子薰驚呆了，沒想到淳安王竟然不聲不響建了一支冰球隊！

淳安王緩緩拿出棉巾繫在額頭上，說：「每天下午本王也會來練習，到時還請王妃多多指教！」

——呃？淳安王也要學冰球？

還沒等寧子薰反應過來，只聽見遠處傳來氣急敗壞的聲音：「在朕的宮中建球隊，朕竟然一無所知！」

小皇帝挽著衣袖氣沖沖的跑過來，身後跟著一大隊打傘蓋、捧什物的宮女和太監。

淳安王淡淡的說：「皇上是九五之尊，萬一受傷，臣擔當不起。而且建立冰球隊也不過是為了年節時增加一個娛樂項目，這是禁軍統領的事，也不必事事都向皇上稟報。」

小皇帝元皓咬牙不滿的說：「方才聽到攝政王也要學習冰球，如果連日理萬機的攝政王都能玩，為何朕不能玩？」

沒想到皇帝也會耍賴皮，真是太……幼稚了！寧子薰翻了個白眼。

淳安王瞇起眼睛，緩緩開口：「皇上……」

正當大家都以為淳安王會深明大義、苦口婆心的勸諫，只見他說：「就是不能玩！」

撲通……冰上倒了一地人。

寧子薰捂臉：淳安王，你更幼稚！

「什……什麼？你竟敢如此跟朕講話？」元皓氣得臉都白了。

淳安王冷笑：「勤政殿的摺子批完了嗎？每日經筵講了嗎？武功練了嗎？皇上的責任重大，天天玩樂對得起天下黎民百姓嗎？」

「明明你才是攝政王！如果朕有責任也是在未來，現在責任是你的！應該去忙的是攝政王你……」小狼憤怒的咆哮道。

淳安王瞇起眼睛。他本來是想給寧子薰一個驚喜，結果又被元皓這小王八蛋攪了局！他捏著手指骨，發出喀喀的聲音，冷冷說道：「老規矩！」

眾人一聽，刷一聲閃得老遠，只有寧子薰還呆呆的站在原地，不明白怎麼回事。

名義上是與皇上「演武」，其實就是淳安王想教訓皇帝陛下一頓。

皇族朱璃氏傳統尚武，祖祖輩輩都不能丟的就是武功，就算身體最差的皇子都要從四歲開始習武。開國皇帝朱璃蒼狼在位時，每年都會舉行宗室演武大會。

高祖遺訓：朱璃家的男人哪個不學武功就是軟蛋、熊包！不准姓朱璃這個有血性的姓氏！而且這位沒文化的皇帝堅持不准史官潤色加以修改，就把這「原汁原味」的高祖遺訓留給了後世子孫。

此言雖然粗鄙，卻著實能讓男人燃燒鬥志，哪個男人都不會承認自己是軟蛋熊包吧？

所以，剛生下來就身有殘疾的七王爺會被成祖厭惡並忽視，也就不足為奇了，因為朱璃氏的男人天生都有剽悍凶猛的基因，容不得軟弱的存在。

也許在外人眼中，皇帝和攝政王一對一的大打出手簡直是匪夷所思的宮廷醜聞，可在侍衛們眼中卻是見怪不怪了。從先帝駕崩、淳安王執政後，他對小皇帝的教育一直都是如此簡單粗暴。

而小皇帝也很奇怪，每次被打得鼻青臉腫卻都願打服輸，從來不會向太后告狀，只是更加努力練習，進步愈加神速，讓師傅們都吃驚不已。

這時，兩個人默默對視，眼中燃燒著烈焰。

小皇帝解開披風，把暖帽、皮袍都脫了下來，只剩下白色裡衣。現在的他個頭比淳安王矮不了多少，寬肩厚背，修長有力的雙腿，整個人是愈加成熟，尤其是那雙紅霓般的眸子，映著雪白的肌膚，更顯得俊美不凡。

一聲怒吼，白色和黑色廝打在一處……

寧子薰靜靜的站在那裡一動不動。她也是個戰士，根本不會害怕武技比賽，更何況兩個人類的動作軌跡在殭屍眼裡根本就被捕捉得一清二楚。

不過，從技術層面來看，淳安王還是技高一籌，這傢伙詭計多端，善於用假動作迷惑敵人，經常挖坑給元皓跳，而且下手又狠，根本不留餘地。而小皇帝的動作規範一看就是高明的師傅教出來的，不過欠在火候尚嫩，一不小心就中了奸計。

淳安王故意引小皇帝到了冰上，他穿的那雙高底朝靴怎麼可能在冰上站得穩？重心不穩自然亂了章法。

淳安王一拳正中元皓的鼻子，元皓倒在冰地上，不過卻沒人敢上前挽扶。因為自從高祖那時就立下規矩，皇族演武，必須有一方承認輸了才可以結束。

什麼樣性格的皇帝就會鑄造什麼樣的王朝，狼性十足的朱璃氏用北方須連提山的剛猛擊垮了萎靡不振的前朝，讓那些長年龜縮於北狄鐵蹄之下的文弱貴族見識到什麼才是真正的鐵血男兒！

齊國北拒狄族，南襲虞國，把整個中原地區都收入囊中。

一代又一代，朱璃氏延續著狼一般的凶狠和強健，絕不會因為養尊處優而摒棄尚武的精神，所以也影響了整個國家的風氣。前朝皇室的春花秋月都被鐵血狂歌所替代，在皇室的引領下，整個齊國民風強悍不輸北狄。

元皓捂著鼻子站起來，鮮血滴在白雪之上，鮮豔刺目。他用衣袖抹了一把，把朝靴脫掉甩出老遠，赤著腳站在冰上，大吼一聲又衝了過去。

My Zombie Princess

第7章 殭屍牌的吉祥物

淳安王嘴角微挑。這小子最近都在很努力的練習，無論是力量還是速度都越來越強，已經可以當他的對手了！

他側頭躲過元皓的一記猛拳，肘部狠狠擊中他的肚子，元皓又倒在了冰上。他疼得半天蜷縮著無法起來。

淳安王估計這一下打得挺狠的，也夠元皓休息個三五天，趁這段時間他可以好好跟「寵物」培養感情，不用再被騷擾了！

他鬆了口氣，轉身對太監說：「還不把皇上抬回去？」

「還沒結束呢！」元皓捂著肚子爬了起來，他的喘息在寒冷的空氣中化為一團團白氣。

他又衝了上來，不過步伐早已淩亂，淳安王皺眉躲過他的亂拳，一把擒住他的手腕截住他的攻擊，另一隻手化拳猛地襲向他的面門！

只見拳頭夾著一股風已到面前，元皓閉上眼睛。

不過，他沒有感覺到劇痛，只是被重重的摜在地上，耳邊傳來淳安王冷冷的聲音：「明天到冰場來參加訓練！」

——這個笨蛋！「不服輸」也不等於「不要命」！

這時，伺候皇上的太監和宮女們才衝了過來，替元皓披上衣服、穿上靴，又火速招來御醫現場診視，調來肩輿抬著他回宮。好在淳安王一向手下有準兒，雖然經常陪皇上演武，卻從來都是皮外傷。

元皓偷眼望向寧子薰，寧子薰衝他微微一笑，豎起大拇指。他羞赧的轉過頭，臉上飛過一絲可疑的紅霞。

淳安王的拳頭，也因為打人而紅了，御醫上前替他塗抹了藥膏。

寧子薰對於這場沒什麼懸念的比賽看得津津有味，起碼對古武的拳法套路有了基本瞭解，還有如何化解動作，她也很認真的觀察並思考過。

淳安王分明看到她對元皓做的鼓勵手勢，他眯起眼睛冷森森的問：「王妃對這場演武比賽有何見解？對本王的武功可有評價？」

——分明是想被人誇！真是有夠幼稚……

寧子薰心裡吐槽，卻還是想了想，很認真的對淳安王說：「王爺的防守固然嚴密，可剛才有一個動作，露出側翼空檔。如果我是皇上，用左手抵擋住你的攻擊，再伸右手擊打你的肋部，你就會受傷……還有一個動作，下盤右腿空中掃踢起腳緩慢，如果是我的話，一腳正好可以踢中你的襠部……」估計你就可以跟馬公公作伴了！最後一句她沒敢說。

本來小皇帝都坐上肩輿要走了，聽到寧子薰這番點評，他擺手叫停，支著耳朵聽……然後露出幸災樂禍的表情。

而淳安王原本的得意都化成飛灰，只剩下一臉黑炭色，很想一把掐死這傢伙！

「這麼說王妃倒是懂些武功，哪天與本王切磋一下！」他咬牙說道。

寧子薰搖搖頭，專家一般的分析道：「我清楚自己的優點和弱勢。我的力量強大，但受先天影響，速度緩慢，所以不可能打得過王爺。」

明明知道這傢伙是個天然呆，跟她生氣簡直就是自己找虐！淳安王深吸了口氣，說：「起碼透過今天，我們找到一個共同愛好……如果王妃喜歡，本王可以教妳武術。」

寧子薰眨著星星眼，一把握住淳安王的手，「真的？」

「那……咱們回王府找個安靜的地方切磋一下。」他摟著寧子薰的肩，回頭給了元皓一記挑釁的目光——小子，薑還是老的辣！

回到王府，寧子薰提意見給淳安王，如果要打冰球，一定要做一些防護用品，因為冰球是很激烈的運動，所以要做些面罩和護肩護腿，要不然會受傷的。

淳安王點頭同意，她就按著記憶裡的比賽畫了些樣式圖，叫鐵匠打造。今天被一場意外的「演武」打斷了，明天她就正式上線，當個不怎麼可靠的冰球教練。

淳安王去沐浴，寧子薰悄悄把自己的「學習日誌」拿了出來，繼續寫第二篇——

今天，依然沒能體會什麼是「喜歡」。不過淳安王把我無意間說的話當重要的事情辦，特意組建了冰球隊，我心裡很高興……

高興，就是讓人類心中產生喜悅、快樂的感覺。

在高興的時候就算不微笑，心中也會甜甜的……這種感覺很舒服。

吹乾墨跡，寧子薰飛快的把日誌藏回床底，然後擺出宣紙來繼續練字。

◎※※※◎※※※◎※※※◎

第二天，依然是中午時分，淳安王派人來接寧子薰進宮。

因為淳安王和皇上還有些政事未處理完，所以要等會兒才能來太池液，而整支冰球隊三十名隊員卻早已等候在冰場上。

這些侍衛都是從守衛禁宮的衛隊中挑選出來的。因為每年春節皇宮都會舉行一些慶典活動，齊國皇宮禁衛軍經常用一些精采的比賽來吸引眾人目光。所以淳安王組建冰球隊，禁衛們都躍躍欲試——既然是淳安王力挺的活動，沒準兒這項新奇的運動能風靡整個大齊呢！

而寧子薰這個冒牌「教練」只不過是在資料片裡看過人類的冰球比賽，至於比賽規則和如何打冰球她根本一無所知。在殭屍簡單的想法裡，打冰球……不就是把球打進對方的門洞裡嗎！

於是，在眾人期盼的目光中，她揮手叫人把連夜趕工做好的護具分發下去。

穿上厚重的護具，侍衛們明顯覺得身體沉重多了，滑冰也沒有原來那般輕盈。

然後又分發了木頭製成的冰球和球桿，接著簡單講解了一下揮桿動作和如何打球，「寧教練」竟然讓隊員們開始來場熱身賽！

分成兩個隊，每隊六人，前鋒三人、後衛兩人、守門員一人，然後……就開始比賽了！沒有規則也沒有打法，場上亂成了一團，球桿揮舞，最後大家扭打成一團，連球都找不到，眼看著冰球比賽變成群毆，這時，淳安王和皇上雙雙駕到。

「你們這是幹什麼？」

一聲冷喝，所有人都停了下來。

清點人數，發現兩隊人都掛了彩，沒有一個人是完整的，還有一人當場就骨折了！

淳安王黑著臉責問寧子薰：「這就是冰球比賽？」

「呃……」寧子薰對著手指心虛的說：「大家玩得高興不就得了？」

「玩得高興？再這樣玩下去，有多少禁衛都不夠玩的！」淳安王狠狠瞪了她一眼。

「唔，冰上打架，也不錯！」小皇帝捂著青紫色的鼻梁打趣她。

淳安王揮手叫人清理戰場，淡淡的說：「既然是比賽，自然要制定規則。冰球是項新的活動，規則自然也要摸索著制定才行。」

不愧是攝政王，簡單幾句就解釋清楚混亂的原因了。

然後他看了一眼默默跟在皇上身後的校尉，說道：「寧校尉，現在正好缺了一人，你頂個缺，陪皇上練習吧。」

寧子薰這才看到皇上身後的那個人是她「大哥」寧子葶。不過寧子葶的目光根本沒看向她，而是望向皇上，見皇上點頭，他才跪下行禮。

淳安王指了兩個級別高的千戶軍官管理，從最基本的滑行、揮桿開始練習，把一團糟的局面控制住了。至於「寧教練」，一天沒到就被強迫「下課」了！遭到眾人的鄙視，她只好蹲到角落畫圈圈。

淳安王和皇上換上冰鞋拿著球桿下場，一開始動作總是協調不好，球桿經常打不到木製的冰球。不過練習了一會兒，大家的動作就開始協調了。

而寧子葶藉機到冰場邊喝水，走到寧子薰身邊。

他低聲說：「爹在南疆，娘什麼樣妳清楚，方氏光忙家裡的事都忙不過來。我又整日在皇上身邊不能離開，妳省點心，就不要再添亂了！」

「我……」寧子薰撇了撇嘴，把話嚥了回去。

她這個便宜哥哥現在已經完全倒向小皇帝，她根本沒必要向他解釋！

寧子葶嘆了口氣，說：「淳安王為人嚴肅冷酷，妳千萬不要違抗他，哥哥現在還沒有能力保護妳，妳要好好保護自己，知道嗎？」

寧子薰丟下手中乾枯的小樹枝，拍了拍身上的雪，站了起來，淡然的說：「我不用你們保護，你們只要管好自己的事就行了。」

看到妹妹變得越來越陌生，寧子葶不由得皺起眉頭。他記憶中的子薰是冷靜而聰慧的，總是知道做什麼事對自己最有利，是母親和方氏的依靠，他之所以聽從父親的安排遠赴邊疆，就是因為家裡的事有妹妹管著讓他放心！

而現在，她在淳安王府的地位越來越高，卻似乎離他越來越遠，她……已不再是他熟悉的妹妹了。

「等一下……」寧子葶叫住她，「那個……那個叫小瑜的丫鬟，怎麼最近不跟在妳身邊了？」

如果寧子薰是個真正的女人，就會發現寧子葶眼中不一樣的東西。可惜她不是，殭屍只會從利害關係去想問題，而不是從感情。

寧子薰馬上聯想到寧子葶是小皇帝的人，他對小瑜的關心一定是暗有所指。於是她戒備的說：「最近感染了風寒，所以就讓他休息了。」

「那她病得嚴不嚴重？」看到寧子薰迷惑不解的表情，寧子葶急解釋道：「我是怕她傳染了妹妹。」

「沒事。你快去練習吧，王爺和皇上好像往這邊看了。」寧子薰急忙結束談話。

「風寒……」寧子葶看著寧子薰的背影，眼前卻浮現那個桃腮杏眼的丫頭……

第二天，寧子薰收到一包誠心堂送來的治風寒的草藥，還有她大哥寧子葶的一封信，大概內容是：天氣寒冷不要感染了風寒，如果得了風寒就煎這種草藥，非常有效果……

寧子薰眨了眨眼，殭屍怎麼可能得人類的病？然後把藥丟進箱子，她早把跟寧子葶說的那段話丟在腦後了。

◎※※※◎※※※◎※※※◎

每天中午，寧子薰都會被淳安王接到皇宮的太液池邊練冰球。不過多數時間寧子薰都只是看看，真正認真練習的是那些侍衛。

淳安王怕她寒冷，命人在離太液池最近的玲瓏堤邊搭了個可以觀雪景的避雪棚，累了時可以在棚中休息一下。

練習了一會兒，寧子薰就覺得索然無味了，即使她打得再好也不可能上場，因為比賽是在男性之間進行，沒她什麼事！所以她提不起精神，玩了一會兒雪，提著裙子就到避雪棚去坐著了。

宮女們見寧王妃來到，忙把一張雪狼皮褥子鋪在可以望見湖面的木椅上，地上點上了火爐，旁邊小風爐裡還煮著熱騰騰的茶。

剛剛坐定，宮女們便端上熱茶，送上手爐，還擺了一桌子點心乾果，殷勤得很。

幾個月前還被人稱為「傻子」的寧子薰，如今炙手可熱，是攝政王唯一的女人，貴為王妃，大概除了太后、未來皇后，就屬她是大齊最尊貴的女人了！所以這些宮女又怎麼敢怠慢她呢？

「妳們不用忙活了，我只是坐一會兒。」寧子薰擺擺手。

在這裡看冰場看得更清楚些……淳安王這傢伙又開始「欺負弱小」，非得搶小皇上的球！那麼大的地方、那麼多顆球，這兩個人也真是，非要搶同一顆！

她的注意力都被冰球吸引了去，沒有注意到一個宮女悄然離去。

不一時，一抹嬌豔的紅衣翩然而至。寧子薰訝異的看著眼前的女子，手裡的松子掉在地上，「端惠公主？」

竺雨瑤飄然下拜：「見過寧王妃。」

「呃……妳是來找皇上的嗎？」寧子薰側頭問道。

竺雨瑤咬著脣搖了搖頭，一臉泫然欲泣，說道：「我是來找寧王妃的。」

「有什麼事？」寧子薰不解的眨眨眼睛。

竺雨瑶欲言又止，兩旁宮女都是極伶俐的，見狀忙退到棚外。

竺雨瑶這才說道：「都是因為我兄長，連累了寧王妃跳到冰湖裡救人，我要替我兄長感謝王妃救命大恩！」說完再次下拜。

寧子薰皺眉道：「不用謝了，太后那天賞賜了很多東西給我。」

「王妃真是既熱心又寬厚的人……我看得出來，妳與其他宮中的女人不同，妳的眼睛很清明、很純淨，雨瑶從小在宮中長大，見慣了鉤心鬥角，所以特別渴望能和寧王妃這樣的人多接觸……」

寧子薰迷惑了，南虞公主「誇獎」的人是她嗎？她怎麼根本沒感覺到自己有這些優點？熱心、寬厚……也就眼睛純淨這點符合事實。

「呃……多謝公主誇獎。如果沒什麼事我就先回去了。」皇宮果然不適合她，每個人都不會直接表達心意，要把意思隱藏在語言裡，她一個殭屍哪有那麼多腦細胞去分析？於是只好繼續……躲避！

竺雨瑶忙攔住她，急切的說：「寧王妃請等一下！其實……我有件事想求王妃幫忙。妳知道，因為我皇兄的事，皇上他似乎對我有了很深的成見……根本不與我說話。我想跟他解釋道歉都沒有機會！求王妃幫我……」

寧子薰眨眨眼，問道：「我能幫妳什麼？」

竺雨瑤說：「皇上他最近不是在練冰球嗎……王妃能讓我也加入嗎？」

被那期望的眼神看得渾身發毛，寧子薰說：「妳可以跟淳安王說，目前我已經被強迫『下課』了！」

當兩個人來到冰場時，元皓明顯陰沉了臉。淳安王看了一眼小皇上，挑了挑眉表示不介意，還把手中的球桿遞給竺雨瑤，教她如何揮桿。

竺雨瑤感激的看著淳安王，像隻惴惴不安的小兔子。

寧子薰也蹬上冰鞋滑到元皓身邊，剛要開口卻被小皇上搶白了：「妳幹嘛把她帶來？」

「那你幹嘛生她的氣？」

「我生她的氣關妳什麼事？」元皓覺得滿心的憤懣發洩不出來，只能用那雙狂怒的狼眸望著寧子薰。

這個女人果然少根弦，她難道真不明白他的心意嗎？還是非要刺激他？自從竺雨瑤入宮，她幾乎就斷了與他的聯繫，每次進宮也都在公眾場合，自己根本沒機會和她單獨說上幾句。他派了人在佛樂山蹲守，希望能遇到她，可她卻再也沒去過。至於淳安王府，簡直就是座密不透風的樊籠，他根本不可能知道發生了什麼事。

她為何不與他聯繫？

元皓看著她平靜如水的面孔突然想到：難道……難道……她在生他的氣？難道她在嫉妒？是啊，說不定是她嫉妒他即將大婚，所以賭氣不再跟他聯繫！想到這裡，元皓心裡又有點雀躍了……

看著小皇帝亦怒亦喜，變化莫測的表情，寧子薰不禁擰眉，人類的事她果然還是少參與的好！

「皇上說得對，這跟我沒關係！」

她剛要走卻被元皓攔住，寧子薰用不解的目光看著他，他頓住了，看到周圍假裝漠不關心的人群，忙指著手中的球桿說：「朕……教妳打球。」

「不麻煩皇上了！」寧子薰一轉身，卻看到淳安王正在教導竺雨瑤打球。

說實話，竺雨瑤很有天分，稍加點撥便已打得有模有樣了。

淳安王瞄了一眼遠處的小皇上，挑眉道：「公主可以組建一支女子冰球隊。」

「真的嗎？」竺雨瑤十分高興，臉上洋溢著少女的羞澀和激動。

她抬起頭望向淳安王，一身黑衣，冷峻的雙眸就像北方的冬季一樣酷烈森寒，他的高傲強大不是因為權勢和地位，而是從骨子裡散發出的只屬於強者的氣息。

正是因為對任何女人都毫不動心的淡漠氣質，就更能引起女人的欲望。比起淳安王這種蒼狼一般的強者，小皇帝就稍遜了一籌，雖然外貌十分相近，可淳安王更像一罈烈酒，明知入喉辛辣卻讓人不禁願意一醉解憂。

竺雨瑤怔忡的望著淳安王，聽到心臟越來越激烈的聲音，彷彿一瞬間有顆種子破繭而出，枝蔓繁茂，纏繞住心房，讓她更強烈的跳動起來。

突然腳下一滑，她向前撲去……卻正好被淳安王扶住。

竺雨瑤窩在他懷中才感覺到他的高大，更襯得自己嬌小，她的身高剛到他胸前，聞著他身上散發的成熟男人味道，她不禁紅了臉。

「小心點！」淳安王眼中不帶一絲情感……因為他的注意力都在遠處那兩個人身上。

元皓用只有他們兩人才能聽到的聲音對寧子薰說：「妳為何要躲著朕？一直都未再到佛樂山去，也不傳遞王府的消息給朕！」

「那個……」寧子薰想了想措辭，說：「淳安王發現了我的身分，我現在被軟禁了，出入都有人監視，沒辦法傳遞消息。」

「什麼？」元皓的驚訝很快引起周圍人的注意，他用威懾的眼神掃過去，所有人都低下頭繼續練球。他咬牙壓低聲音：「妳是說六皇叔……不，攝政王他知道妳的身分，還依然願意讓妳留在身邊，讓妳繼續當他的王妃？」

「嗯……」寧子薰點點頭，「我的侍女小瑜也被他抓起來了，他用小瑜的性命威脅我。」

元皓心中有說不清的混亂，他以為女人對攝政王來說如同衣服，隨時可以更換，怎麼唯獨對寧子薰……既然知道了她間諜的身分，不把她殺了已是奇蹟，居然還讓她若無其事的存在於他身邊，這是為什麼？難道……他對寧子薰……

這時，寧子薰只覺左手一緊，一股黑色旋風已颳到眼前。

淳安王拉起她的左手，說：「我們戰狼隊需要一個記分員，過來。」

而竺雨瑤也滑了過來，怯生生的叫了聲「皇上」，她可不能讓皇上看出她對淳安王有了心思；再說喜歡是一回事，權力又是一回事，在這方面她可是分得很清……

而元皓卻根本沒看她，一把抓住寧子薰的右手，瞇起眼睛說：「她剛答應做我們飛熊隊的……吉祥物！」

噗——有殭屍當吉祥物的嗎？再說她什麼時候答應了？再再說……他們什麼時候分的隊？還戰狼、飛熊的！

淳安王貼近寧子薰，在她耳邊曖昧的說道：「可別忘記我們的約定……」

寧子薰打個冷顫，忙掙脫元皓的手，說：「呃……比起吉祥物，我還是更適合當記分員！」說完緊緊抓著淳安王的衣袖，以示「效忠」。

淳安王很滿意的揚了揚眉梢，拉著寧子薰到自己的半場去。

元皓緊緊皺眉，他知道，寧子薰是被淳安王威脅的！

那個小瑜究竟是什麼人，寧子薰會因為她而甘願被攝政王挾持？不管怎樣，如果他能找到小瑜，那寧子薰就可以離開淳安王了！

這時，他的思緒卻被竺雨瑤打斷了。

只見竺雨瑤楚楚可憐的說：「皇上……雨瑤想和皇上學打冰球。」

「淳安王不是教得挺好嗎？妳還是找他教妳吧。」說完，他轉身離去。

竺雨瑤就這樣被曬在那裡，她狠狠咬住嘴唇……為什麼？她恨恨的盯著寧子薰。為什麼那個長得如此「平凡」的女人，卻能讓齊國最重要的兩個男人都如此上心？

從她第一次見到皇上和寧子薰在一起，她就從皇上的眼裡看到異樣的光芒，而寧子薰又是淳安王唯一的女人……這兩個男人眼睛都瞎了嗎？居然看上這個表情呆滯得像木偶一般的女人！

她也從側面打聽過關於寧王妃的事情，除了令人恐懼的蠻力、對於品香比較在行，她似乎沒有任何才藝，難道她還有什麼其他優點嗎？竺雨瑤覺得自己快崩潰了……

她抬起頭望向冰場上那抹挺拔的黑色身影，飛快的用袖子拭去眼淚。她和齊國皇帝元皓不過是政治聯姻，他可以不愛她、可以忽視她，這些她都毫不在意……既然皇上都可以不顧名節喜歡上自己的皇嬸，那她的心裡也可以裝著別人！

她的目光痴痴追隨著淳安王，不過看到他把那個女人攬在懷中親手教她打球時，竺雨瑤不禁眯起眼睛，心中怒喊：那個女人憑什麼可以得到像淳安王這樣高貴的人垂青？她不配！她……應該消失才對！

有的時候，喜歡一個人的心一旦被扭曲就會變得非常可怕，因為占有的欲望會吞噬一切美好的東西。她永遠也不會懂，喜歡一個人是一種感覺，可遇而不可求。

寧子薰正彆扭於淳安王當眾「非禮」殭屍的不良舉動，正好「小白花」就飄來了。

她忙掙脫淳安王的狼爪，問竺雨瑤道：「公主怎麼了？」

竺雨瑤小聲啜泣道：「王妃，我能不能跟妳一起學？皇上他……」說到一半她垂下頭，雙肩隱隱顫抖。

女人的眼淚真是堪比生化武器啊！

寧子薰手忙腳亂，試著把手搭在她的肩膀上輕拍，「妳……不要哭，咱們一起學。」

「多謝王妃。」她抬起頭，眼中還含著淚花，卻已換作一臉笑意。

這娃是學變臉的吧？陰轉晴也太快了點！寧子薰腹誹，不過還是把她拉到淳安王面前。

淳安王垂著眸子，很容易就讀懂了竺雨瑤眼中的「想法」。他看了一眼寧子薰，不由得皺起眉頭：這個笨蛋！對任何人都沒有戒心，如果不是本身夠強，早就被滅了八百回！

「王爺，繼續剛才您教我的那個側揮動作吧。」竺雨瑤早已搶占了寧子薰的位置，把她擠到後面去了。

如深潭般的眸子波光湧動，他的嘴角微微揚起，說了一個字：「好！」

接下來淳安王就一直在認真教導竺雨瑤打球，而寧子薰成了隱形人。

淳安王目光專注的盯著竺雨瑤的每個動作，兩人配合默契，傳球、接球、射門……簡單得天衣無縫！

「進球了！」

竺雨瑤像個小孩子般衝了過去，卻差點摔倒，被淳安王抱住。

不知為何，寧子薰覺得胸口一窒，有點喘不上氣的感覺。這是怎麼回事？她捂著胸口用力吸了幾口氣，可依然還是悶悶的……難道感染了什麼對殭屍有害的病菌？

唔……反正她不想待在這裡，解下冰鞋，她轉身而逃，彷彿後面有什麼猛獸在追她。

只有奔跑才能給她力量，冰封的樹林落下簌簌的雪沫，厚厚的積雪踩在腳下發出咯吱咯吱的聲音，冰冷的空氣刺激著呼吸道，她的心在狂跳……

◎※※※◎※※※◎※※※◎

寧子薰不知道自己跑到了何處，四周一片茫茫白色。幾隻冬鳥被她的腳步聲驚飛，她怔怔的望著天空，這才感覺舒服了不少。

她想，她是得了「心臟病」！要不怎麼會突然心臟不舒服呢？在這個時候她才懷念起七王爺……

這時，身後傳來淳安王冷冰冰的聲音：「怎麼突然就跑掉了？」

寧子薰轉過身，看到只有他一人跟了過來，才囁嚅道：「剛才突然有點不舒服……跑了一下下感覺好多了。」

「過來！」

淳安王向她伸出手，黑色的披風像巨大的羽翼，把她包裹在其中。寧子薰腦中突然顯現出他擁抱竺雨瑤的畫面，她猛地一推……淳安王被她推倒在雪地上。

「呃……我不是故意的，就是突然又不舒服了。」她望著淳安王錯愕的眼神，撓撓頭解釋道。

今天真是奇怪的一天……

「既然妳不舒服，我們回家吧。」淳安王沒有發怒，眼中沉著不可捉摸的沉寂，像夜海中幽幽的漁火。

馬車搖搖晃晃的前行著，淳安王看著縮在角落中的寧子薰總是不肯跟他目光相對，不禁皺眉，冷冷命令道：「過來，枕在本王腿上。」

「不要。」她往後縮了縮。不知為何，她心中很抗拒與淳安王發生親密的肢體接觸，尤其是看到今天他擁抱了竺雨瑤之後。

原來……那健碩寬闊的胸膛並不是她的專屬，是可以擁抱任何人的！

咦……奇怪，以前都不會有這種感覺！淳安王本來也不屬於她的啊！她……她這是怎麼了？

還沒等她想明白，早已被按到他的腿上。

「好好躺著，一會兒到家，本王就宣太醫替妳診病。」

算了，想不明白的事太多，何必為難自己！殭屍從來不做費腦細胞的事！她索性閉上眼睛，在顛簸中睡著了。

等寧子薰再醒來時，已在自己的大床上，外面傳來淳安王和太醫的對話聲。

「真的沒有問題？」他的聲音冰冷中有一絲焦急。

「微臣怎敢欺瞞攝政王，王妃實是無病，可能是運動過量，心臟突然不舒服，好好休息幾天就好了，微臣替王妃開點寧神補氣的藥，好好調養就是了。」

「嗯，辛苦劉太醫了。」

「不敢不敢，那微臣告退了。」

寧子薰掀起床帳，淳安王忙過來握住她的手，說：「放心，妳的心臟無病。這幾天就不要去冰場了，好好休息。」

「不行，我要去！」寧子薰脫口而出，說完自己才愣住，不知為何會這麼說。

「乖，聽話，等過幾天再去。」

淳安王前所未見的溫柔，驚得侍婢們全場石化。只有馬公公依然笑咪咪的看著。

想了想，自己的確沒有非去冰場不可的理由，寧子薰只好點點頭。

My Zombie Princess

第8章

寧子薰，妳嫉妒了！

關於「喜歡」的學習日誌，今天卻卡住了，她提著筆半天都寫不出來，一滴墨落在紙上，更加惹人心煩意亂。

最後，她在紙上寫了這樣一段話——

一名優秀的戰士是不會屈服於任何困難的，他應該有鋼鐵一般的意志，為了完成任務而擁有著強大的決心和動力。最主要的是，他會堅定不移的按著自己的目標前進，直至成功！

——史上最偉大的殭屍戰士蘇卡魯箴言

寫完這段話，她想她一定是怯懦了！因為每次大戰前，她都會默默的背誦這段話來讓自己鎮定，希望這段話給自己力量，讓自己不再害怕！但為什麼……現在她會寫這段話為自己打氣？為什麼？

她聽到相隔很遠的迴廊傳來腳步聲，忙吹乾墨跡把日誌藏好。等一切結束，淳安王已走了進來。

像每天晚上一樣，淳安王擁著她，讓她習慣他的存在，習慣不再像隻貓咪一樣蜷起身子。可他還是明顯的感覺到她身體在抵抗……

他扳過她的身體，在她耳邊低聲說：「人的心是世界上最容易讀懂的，因為它包裹著赤裸裸的欲望，一眼便能望穿！人的心也是世界上最不容易讀懂的，因為就算是自己，都經常弄不清想要的是什麼。寧子薰，妳是這樣嗎？」

寧子薰在黑暗中迷惑的望著淳安王，搖頭否認……她一介殭屍又沒長人心，怎麼知道人怎麼想！

結果卻被淳安王輕笑著抱得更緊。

他很寵愛的在她額頭上吻了一下，又抱起臥在腳邊的阿喵也吻了一下。

自從天涼，喵爺就理所當然的占據整個淳安王府最溫暖的地方——就是王爺本人的炕頭，牠一向是最會享受的。

喵爺大概不高興被弄醒，用爪狠狠踩了淳安王的薄唇一下。和寧子薰同樣的精金項鍊在黑暗中閃著灼灼光芒。

◎※※※◎※※※◎※※※◎

整個皇宮中的一舉一動自然在太后的視線裡，她忽然發現事情變得有些失控了。原本叫寧子薰進來想讓淳安王和皇上之間的裂痕更大一些，卻沒想到把竺雨瑤也裹了進來。她本以為這孩子是個聰明的，結果……

真是愚不可及！不但沒有在皇上面前好好表現，居然被淳安王迷得丟了魂！要知道這種穢聞若是傳開了，她未來皇后的寶座就只能拱手讓人了！這讓虞國和她這個太后的面子往哪放？

當初就跟皇兄說過不能娶蘇氏那個賤人，果然，她生的女兒也跟她一樣不長腦子！竺太后越想越氣，叫人立刻去傳端惠公主來寧泰殿。

摒去眾人，空曠的宮殿只剩下這對姑姪兼未來婆媳。

竺太后眼中滿是怒意，開口訓斥道：「端惠公主，妳的一舉一動代表著虞國，難道妳母后不曾教導妳如何注意形象嗎？淳安王是隻狡猾的狐狸，他分明就是想妳當不成皇后，妳連這點都看不出來嗎？」

竺雨瑤在心中冷笑。

在來齊國之前，她的母后早已告訴她這位姑母的「往事」了。當年她母后蘇纖纖與姑母竺凌羽還是要好的閨中密友，外公家乃是虞國重臣、三代名將，如何不能出個皇后？蘇家力爭上游又有何錯？偏偏竺凌羽聽說後，百般阻撓，用盡心機，不惜和她母后翻臉。

當年的事情母后並沒有講得太詳細，不過卻叫她要提防竺凌羽，因為害怕上一代的恩怨會影響到她與未來婆婆之間的感情。

但是竺雨瑤從第一眼見面開始，就對這位姑母沒有一絲好感。姑母寧願關注她那個傻子哥哥，也不願意對她多投一點關心！她才是未來的皇后，她才是太后唯一的虞國同盟者！可太后除了安排了幾次她與皇上相遇，之後就再未有下文。

如果不是姑母「多事」的把寧王妃請到宮中，皇上又怎麼可能與寧王妃再續前緣？她那個白痴長兄不過是父皇年輕時和宮女生下的孽障，生死與她有何相干？結果因為此事，皇上卻把一切都歸罪到她身上！她真的不明白，如果太后是想要她來做這個皇后，為什麼還要叫寧王妃入宮？

竺雨瑤抬起頭，目光充滿了怨懟，本來金尊玉貴的公主要嫁到敵國和親，已是滿心委屈，結果還連連遭挫，被皇上嫌惡、被太后訓斥，連日來的委屈積壓在心中已經不能再承受，就像火山炙熱的熔岩噴薄而出……

「太后可知道，皇上與寧王妃之間的曖昧？那才是真正的穢聞！我也很努力的想讓皇上喜歡，可是皇上心中早已有了旁人，我都幾乎可以預見我棄后的命運了！」竺雨瑤冷冷的說。

她的眼中沒有一滴眼淚，只有無盡的憤怒和委屈。

這樣的表情……好眼熟！竺太后瞇起鳳眼，不由得微笑。這丫頭果然是蘇纖纖的女兒！當年她讓皇兄誤會蘇纖纖與新科狀元有染時，蘇纖纖的表情也如此一模一樣。

「妳以為當一個國家的皇后，憑著皇上的寵愛或者太后的照顧，就可以高枕無憂了？告訴妳，這個位置不是給庸才坐的！雖然身在後宮，卻要心繫整個朝堂！臣朝的命婦、皇族的親眷、後宮的妃嬪、自己祖國的安危，一切都要妳用盡心力維護。皇后……不需要皇上寵愛，只需要手中的權力！」

嘆了口氣，竺太后繼續說：「雨瑤，妳的性子不夠沉穩，容易意氣用事。哀家一直想要讓妳好好磨練，結果……妳居然偏到格子外面去了！妳說妳讓姑母說什麼好？」

這一番話徹底讓竺雨瑤沒了脾氣，原來太后是想磨練她，可是……

她皺眉，問道：「那姑母您為何明知道皇上喜歡寧王妃，還讓她進宮？」

竺太后冷冷的說：「不怕告訴妳，寧子薰本是哀家安在淳安王身邊的一枚棋子！不過最近似乎被淳安王挖了出來，這枚棋子已是廢棋了。」

竺雨瑤驚訝的看著竺太后，她不敢相信寧王妃居然是個間諜！

竺太后瞇起眼睛微笑，「即便這枚棋子廢掉了，最後，哀家依然會給淳安王一個大大的驚喜！」

竺雨瑤這回才真正相信，太后這個女人不簡單，就像母后所說，這個女人上輩子一定是隻蜘蛛精！她會在妳不知不覺中於妳身邊布下羅網，當妳再想掙扎時，早已陷入她的柔絲中，再也不能逃脫！

「究竟是什麼驚喜？」竺雨瑤強作歡顏，問道。

竺太后眼波一轉，淡然說：「這是個秘密，以後會揭曉的！」

竺雨瑤便知趣的不再多問，撲通一聲跪在地上，表情哀憐，說道：「剛才是雨瑤太過急切，說了不該說的話讓姑母傷心了！聽了方才姑母的一番懇切之辭，雨瑤才知道姑母對雨瑤的一片苦心！都是雨瑤愚笨，請姑母責罰！」

「起來吧，都是自家人。如果哀家不是真心待妳，又何必對妳說這些話？」

「謝謝姑母！」竺雨瑤起來，略微躊躇的說：「那雨瑤明日不去冰場了，以免被人說三道四。」

竺太后想了想說：「今晚妳到我宮中來，第二天就不去了，這樣更讓人傳閒話。不如妳明日去冰場，然後藉口扭傷腳之類的，以後就可以不用再去了。」

「還是姑母想得周到，雨瑤以後還得多向姑母請教。」竺雨瑤一副乖乖女的樣子。

「時候不早了，妳也回去休息吧。」竺太后含笑說道。

「是，那雨瑤就告退了，姑母也早點安寢。」

行過禮，竺雨瑤退了出去。在轉過身的一剎那，兩個女人同時換了臉色。

那雙十分相似的微微上挑的鳳目中，閃出來了一樣的戒惕光芒。

雖然表面上親如骨肉，可在心中，她們都對彼此懷著深深的戒意！

夜色闌珊，幽深而冗長的宮道上，石製的燈奴擎著宮燈，發出點點光亮。竺雨瑤緩緩行走其間，在那一串燈的盡頭，是巨大如臥獸的宮門，彷彿張著巨口等待吞噬她一般。

她不禁微微揚起脣角……那個老女人不是過是她登上最高位置的階梯罷了！她才不會任由她擺布呢！既然明天是最後一次見淳安王，那就要給他留下最深刻的印象！她不會放棄任何一個吸引淳安王的機會！

既然皇上的心已經不能奢求，那她也可以期待別的……畢竟皇上只是個傀儡，而齊國真正的掌權人是淳安王。她為何不能期待獵獲比她想像中更大的獵物呢？

她母后說過，無論在什麼環境中，都要有為自己賣命辦事的人，無論用何種手段，金錢、權力、美色甚至威逼，都要在皇宮中布下屬於自己的眼線，這是她能在齊國立足的第一步！

從到了齊國的第一天，她就已經開始不遺餘力的拉攏她能用得著的人，收集情報，替她做事。反正她手頭又不缺錢，還是未來的皇后，對那些妄想高爬或貪婪金錢的人施以恩惠，自然不愁沒有人不效勞。

在避雪棚能夠找機會見到寧子薰就是眼線的功勞，她還收買了兩個冰球隊的侍衛，看來是時候讓他們發揮作用了！

◎※※※◎※※※◎※※※◎

第二天中午，寧子薰把兩個荷包纏成兩顆「粽子」，並把教導嬤嬤成功的氣暈過去後，開始站在窗口發呆。

她這是怎麼了？明明有好好休息，怎麼胸口還是悶悶的？淳安王和笠雨瑤在一起打球的面畫總是不停的在腦海中重播，一遍又一遍……

她的心中一片混亂，比昨天還不舒服，在冰場她的心會抽疼，但不去冰場她的心會擔憂。可擔憂什麼連她自己都不明白，這種感覺真討厭！

她揉著腦袋，把自己弄得像隻刺蝟。

「寧王妃……」馬公公不知何時站在她身後叫道。

看來她真是太認真的發呆，連腳步聲都未聽到。寧子薰懶懶的說：「什麼事啊？」

「老奴要去送衣服給王爺，打完冰球衣服都被雪弄濕了，所以要更換新衣。」

「嗯……你去吧。」聲音聽起來越發無力。

馬公公瞇起小眼睛微笑道：「王妃不去瞧瞧？」

寧子薰垂下眼簾，「王爺說不讓我去打冰球了……」

真是沒頭腦，這麼提醒都不明白！馬公公翻了個白眼，直白的說：「最近王爺有點咳嗽，您就不能煮點補湯送過去？王爺不讓您打冰球，但沒說不讓您送補湯嘛！」

「我怎麼沒想到？」寧子薰眼睛頓時成星星狀「崇拜」的望著馬公公，「咱們現在就走吧！」

「喂喂……」馬公公被拖出門外，叫道：「那也得等煮好補湯吧！」

捧著暖暖的熱湯坐上馬車，不一時就到了皇宮。馬公公出示門禁象牙腰牌，侍衛們恭敬放行。

今天不來滑冰的不光寧子薰一人，小皇帝因為要到京郊祭天所以不能來。時間趕得剛剛好，淳安王剛剛換上冰鞋，而竺雨瑤正站在冰面上微笑著等候。

見到寧子薰捧著湯盅來到冰場，竺雨瑤的笑容變得不太自然了……明明聽說寧王妃身體不適今天不會來的！一想到今天是最後一次與淳安王親密接觸，她頓時感覺寧子薰礙眼。

淳安王看著寧子薰，挑了挑眉說：「讓妳好好休息的，怎麼又來了？」

「送……送補湯來給你。」看著淳安王暗沉的臉，她的聲音愈加低了下去……也許她還是不該來！

「什麼湯？」

「呃……是猴頭菇……還有鯊魚骨和豬展肉……」寧子薰光顧著高興，根本沒記住是什麼湯。

「就知道不是妳煮的！」淳安王挑了挑眉說：「盛一碗來吧，如果是妳煮的，本王還真不敢喝！」

淳安王就站在冰上喝了一碗熱湯，然後說：「本王喝完了，妳可以回去了！」

「我……我不回去，要在這看球！」她說不出心中是什麼感覺，反正就是很生氣——淳安王竟然要趕她走！

「那隨便妳吧。」淳安王滑向冰場，繼續練習。

看著淳安王漠不關心的表情，寧子薰的心像有一條細細的線在扯著，隱隱發疼……她這是怎麼了？喜怒為何會被淳安王的一舉一動所牽扯？殭屍是不會被人類的行動影響的，為何她卻會這樣？

小瑜不在身邊，七王爺也不在，沒有人能告訴她！

於是，殭屍就蹲在冰場邊陷入了深深的苦惱中……

竺雨瑤迎向淳安王的眼中含著微笑，兩個人在冰場上的動作非常協調，傳轉接帶，突破了無數人的防守直逼球門。

一記漂亮的直射，球被打進球門，兩人互相擊桿慶祝。

「感謝王爺教雨瑤打冰球，和王爺相處的這段時間，是雨瑤在大齊過的最快樂的日子。」

笁雨瑤深深的望著淳安王。

語言不能表達的含意都在眼神中，哀怨纏綿全都浸在其中，如一縷細絲纏繞著眼前的男人。

她的手輕輕一鬆，球桿倒在冰上，這是給那兩個侍衛發的信號！

不遠處，兩個人假裝練球，卻瞄準了淳安王，一揮球桿，木製的冰球飛向了淳安王……她就等著球要打中淳安王時，撲到他身上，替他擋住。為保護他而受傷退出冰場，淳安王一定會對她懷有留戀吧。

其實球的力道並不大，而且笁雨瑤已做好準備，因為是冬季，她特別在後背的位置加了棉墊，就算被打中也只是留下瘀青，不過裝得嚴重點，淳安王一定會更加心疼愧疚。

可是好巧不巧的是，這顆球正好與小皇帝率領的飛熊隊的人擊出的球撞在一處，一瞬間木球因撞擊而改變了方向，飛速朝著寧子薰而去。

寧子薰的核桃腦仁正處在罷工中，根本沒注意到有東西飛來。

當她發現有東西迎面飛來時，已有一道黑影撲了過來，把她壓在身下！然後，她聽到一聲悶哼，有黏糊糊的東西流到手上、身上。

她抬起頭，發現淳安王像隻巨大的黑鷹用羽翼籠罩著她，黑色的長髮，黑色的衣服，黑色的眸子中映出滿臉錯愕的她……鮮血順著淳安王的頭滴在她的臉上，溫熱的，帶著對殭屍無比吸引的特有馨香。

他的笑容無比溫柔，就像鮮血落在雪中，融化了的炙熱，帶著致命的吸引力。

「還好，妳沒事。」

說完這句話，他猛地倒了下去，暈在寧子薰的懷中。

許多人都大聲呼喊著朝那邊奔去，只有竺雨瑤呆呆的站在原地……

怎麼會這樣？她精心設計的局竟然扭曲了！就在球飛向寧子薰的一瞬間，她看清楚淳安王的眼中竟然出現了恐懼的神色！大齊的戰神，統領軍隊的攝政王竟會如此驚恐……因為一個女人會被球打中！

她覺得渾身一點力量都沒有，撲通一聲跪在冰上。

還好……只差一點點，如果再偏一點就打中他的太陽穴，那裡是頭骨最薄弱的地方，如果力量大點，淳安王就真的危險了。

◎※※※◎※※※◎※※※◎

這一下重擊讓淳安王昏厥了好久，頭上纏著厚厚的紗布。當他幽幽醒來時，卻發現有兩顆「團子」蜷在他左右。

靠在床裡面的「團子」是毛茸茸的阿喵，靠在床外面半趴在床邊的是寧子薰。

真是敗給她，趴在床邊居然也能蜷成一團！上輩子這傢伙說不定真是隻貓！

他試著動了動，頭卻鑽心的疼。他輕微的動作卻驚醒了寧子薰和阿喵，阿喵似乎也知道淳安王在受傷中，輕輕的舔了一下他的手，鬍子蹭在掌心的感覺很酥麻。

「王爺，你終於醒了！」

寧子薰抬起頭，卻嚇了淳安王一跳，明明受傷的是他吧，怎麼她的樣子更憔悴？煞白的臉沒有一絲血色，兩個黑黑的眼圈，怎麼看都有點像……殭屍？

淳安王聲音略顯沙啞，他問：「本王睡了多久？」

「兩天半。」寧子薰回答道。

淳安王瞇起眼睛狐疑的看著她，開口道：「妳……這是怎麼了？」

「我？挺好的！」寧子薰摸了摸臉。這兩天她一直守在淳安王身邊，連最基本的曬月亮活動都沒進行，也就是說淳安王睡多久她就餓了多久。

「好什麼，都快成殭屍了！」淳安王抱著阿喵沒好氣的說。

寧子薰心裡咯登一下，忙跑到鏡子前去照了照……別說，餓了兩天還真是有了點古代殭屍的模樣！

殭屍對食物是很執著的，雖然是進化體，可食欲依然很強烈。寧子薰能一直守在淳安王身欲邊，寧可餓著也不曬月亮，是要付出多大的忍耐力啊！

她跑出去叫醒侍女進去伺候淳安王，又叫小太監去廚房傳膳，然後跑到院子裡吸收月華以補真氣。

兩個時辰過去了，她小心翼翼的走進房間，偷瞄鏡子，感覺自己有了點「人樣」，才放下心來。不知道為什麼，她很害怕淳安王知道她的真實身分。因為人類和殭屍無論是在古代還是在末世，都只能是敵對關係。如果淳安王知道她是個殭屍，就會「取消」她喜歡他的資格，那她還怎麼救小瑜？

淳安王正窩在床上批奏摺。事實上，寧子薰私下裡認為淳安王是個很無聊的人類，除了批奏摺，就是上朝，私人時間餘下的那幾個小時只能睡覺了。

就連生病都不能好好休息。好吧，如果有人願意把批奏摺這麼無聊的事當娛樂，那這個人一定是淳安王！

看到寧子薰進來，淳安王的眼中波光浩渺，沉著少有的溫柔，就像春江初融，冰消雪褪。

「不知道這兩天妳是否想明白了……」淳安王看著她又習慣性的側頭，一臉迷惑的表情，皺了皺眉，耐心的說：「關於本王受傷這件事！」

「想了！」寧子薰很認真的說：「其實就算那顆球直接打到我臉上，最多不過是毀容，但絕不至斃命。王爺你完全沒必要救我，因為對於你來講，如果球再偏半寸，可就會要了你的命，本來人類就很脆弱……」

對殭屍來說，外表遠遠沒有生命重要，能修煉成「白毛殭屍」那樣銅皮鐵臉，不是也挺好的嗎？

雖然已經習慣了寧子薰的奇妙想法，可淳安王聽到這番話還是忍不住想掐死她！

敢情他英雄救美……不，英雄救「土鱉」竟然在她眼裡根本沒必要！

他忍下怒氣……今天，一定要深挖寧子薰的思想，把她那跑偏的想法領回正軌！

淳安王「循循善誘」的輕聲說道：「不是這個。妳有沒有想過，這次球擊事件不是單純的意外，而是蓄意為之的？」

寧子薰側頭，看似很認真的思考了半天，說：「王爺的意思是有人要謀害我？」

「不是謀害妳，而是利用妳！自始至終妳都被竺雨瑤利用著！」淳安王長長的睫毛剪出一片陰翳，繼續說道：「妳要學會拒絕，不是所有人都可以幫的，例如竺雨瑤。難道妳這個笨蛋沒發現，她根本就是利用妳來接近本王！」

提到這件事，又戳中了寧子薰的心病，她扭著衣角，哼道：「那王爺明知道她是有目的接近，你還跟她玩得那麼開心……」

淳安王突然起身，如豹一般敏捷的把她拉到床上，他輕輕捏著她的下巴，目光在她面孔上仔細梭巡，薄唇漸漸染上一縷淺笑……

他粗糙的手指刮著她的肌膚，眼中的喜悅卻讓寧子薰皺起了眉頭……淳安王有什麼可高興的？

他壓住她，在她耳邊輕聲道：「寧子薰，妳嫉妒了！」

寧子薰的瞳孔緊縮，呈呆滯狀，連淳安王曖昧的含住她的耳垂都沒有一絲反應。

嫉妒……這是人類才會有的感情吧？可是，嫉妒是什麼意思？

對於不懂的東西，她一定要「不恥下問」。於是，寧子薰問道：「看到王爺和竺雨瑤在一起，我的心臟就會一抽一抽的疼，這種感覺就叫嫉妒？可是，我為什麼會嫉妒王爺和竺雨瑤呢？」

「因為……妳喜歡本王，不願意看到本王和其他女人在一起。」淳安王倚在枕上，滿足的像隻慵懶的黑豹。

寧子薰爬起來，認真的看著淳安王問：「那以前你和王嫣、月嫵、雲初晴在一起，我都不會有這種感覺，為什麼現在會有？」

淳安王咳了一聲，說：「因為那時妳只把自己當成間諜，而不是本王的女人！現在妳在內心已經認同妳的身分——淳安王王妃！」

「如果嫉妒這種感情是人類普遍存在的，那我和其他男人在一起，王爺你會嫉妒嗎？」

淳安王眯起眼睛，用凍死人的目光望著她道：「妳敢！」

寧子薰對待學習的態度太認真了，繼續不怕死的追問：「可是我也一直和小瑜在一起，王爺怎麼沒有嫉妒？嫉妒時每個人的感覺是相同還是各有不同？你的心也會一抽一抽的疼嗎？」

淳安王一下把她壓倒，手伸進她的裙子裡分開她的雙腿……

「王爺，你幹嘛？」寧子薰表示她還沒問完。

淳安王鐵青著臉說：「本王還真得好好檢查一下，妳和他到底有沒有關係！」

幹嘛啊，體檢也用不著手指頭！寧子薰下意識的格擋……咕咚，淳安王被踢下了床。

「寧子薰，妳想本王對妳動武嗎？」淳安王從地上爬起來怒道。

不過隔天，淳安王就後悔當初說了那樣一句話。

因為這一宿……他都沒爬上床。

提起動武，寧子薰那叫一個興奮！以床為陣地的保衛戰打了一宿，寧子薰根本不顧淳安王還是個病人，以欺負軟弱人類為樂，真是令人髮指！

這一夜，守寢宮的侍女都紅著臉躲了出來，據說第二天整個王府都傳遍了，說是昨夜淳安王和王妃不顧受傷「大戰三百回合」……當然，以人類的複雜思想，大概都不會認為是真打吧。

果然，一向勤政的淳安王告假不能上朝——反正他也受傷了。

馬公公送來一盅海馬壯陽湯，淳安王黑著鍋底臉把他轟了出去。馬公公不屈不撓，不一會兒又送來一鍋鹿茸燉牛鞭……真是不怕淳安王被補得飆鼻血！

不過寧子薰心裡還是很高興的，學習了這麼久，終於有進步了。原來她也可以擁有人類的感情……淳安王說，嫉妒是因為喜歡。不過他也說過，嫉妒只是一種輕微的反應，離真正的喜歡還差得遠呢！看來她還得繼續努力。

◎※※※◎※※※◎※※※◎

春節即將臨近，各地賀表節禮如雪片般入京，京城一片繁華景象，淳安王府更是人山人海，比菜市場都熱鬧。不過淳安王的麟趾殿依然寂靜安詳，因為這些外事都是馬公公打點。

淳安王藉病靜休，無事就和寧子薰坐在後園攏火烤栗，聽著劈劈啪啪的聲音，再用樹枝把栗子撥出來趁熱吃掉，也別有一番趣味。

薛大鬍子涎著臉來求寧子薰，說是一年一度的皇宮冰雕比賽又開始了，每次都敗給將作司的那幫皇家工匠，真是淳安王府的奇恥大辱啊！

淳安王在一旁靜靜的剝著栗子皮，對薛長貴誇張的表演根本不屑一顧。其實他知道薛長貴和將作司的常少卿是老「情敵」，所以才會對小小的冰雕比賽耿耿於懷。

寧子薰側頭想著，她還不知道，原來在古代，冰雕比賽竟然是件大事！

其實寧子薰這門手藝並沒有經過特殊學習，而是她「附加屬性」！智慧型殭屍「覺醒」後，多少會帶著身為人類時的記憶，有的甚至還會記得人類時期的人或事，甚至對人類還存在感情，這種情況下，就會被注射藥劑消除記憶。寧子薰雖然對人類的記憶並沒有絲毫印象，不過她卻記得這門手藝。她想，也許她還是人類時是個雕塑師或建築師呢！

看著薛大鬍子一臉悲憤，寧子薰討好的看了一眼淳安王，說：「這事還得王爺作主……」

薛大鬍子眨眨眼，什麼時候這個不像王妃的王妃也開始「三從四德」起來了？

「王妃做決定就好。」淳安王瞇著眼睛似笑非笑的看著她。

寧子薰蹙起眉頭，很是困惑。她不知道此時她凍紅的鼻尖和糾結的表情像極了一隻呆呆的在雪裡尋食的兔子，讓淳安王很想把她剝了皮烤著吃……

「那……就幫你吧，畢竟也是為王府出力。」她小心的選擇用詞，然後看到淳安王依舊很有「欲望」的看著她，沒什麼不好的反應，才鬆了口氣。

薛大鬍子喜出望外，高興的說：「卑職叩謝王妃恩典！那咱們雕什麼？」

寧子薰問：「那將作司他們雕什麼了？」

「去年他們在太液池邊雕了個巨型遊舫，又令許多司樂坊的人在上面吹拉彈唱的，所以勝了咱們。今年……還沒探聽到。」

薛大鬍子能探到才怪，常少卿最防備的就是他了！

淳安王起身說：「你們研究，本王要回去批奏摺了。」

「恭送王爺……」兩人忙起來行禮。

於是寧子薰和薛大鬍子商量雕什麼比較新穎又能吸引眾人目光，提了好多個提案都被否定了，什麼鯉躍龍門太惡俗，什麼玉樹瓊枝太平凡……

寧子薰翻了個白眼，沒看出來薛大鬍子對冰雕比賽這件事還真拚命！

這時，一個小太監走來，呈上一封信，說是淳安王送來的。

寧子薰好奇的接過來……有話就說嘛，還寫信給她。

不過打開信封，寧子薰驚訝了，原來紙上畫的是今年將作司要雕的「龍牆」畫樣！

薛大鬍子瞪大眼睛，看著那造型精美的龍形雕刻在雄偉的冰製城牆之上，上面還矗立著城樓，是按真城牆的比例造的，高大華美，兩邊還做成滑梯狀，可以供皇族的孩子們溜冰滑梯，不但造型優美可以觀賞，還具有玩樂的功能……這下他呆住了，這樣宏大的冰雕他拿什麼才能比得過呢？

淳安王就是傳說中的悶騷！在短短一個時辰內就把將作司的圖樣弄到手，其實他還是在乎輸贏的吧？

寧子薰嘴角含著淺淺的笑意，看了一眼鬥敗公雞一般的薛大鬍子，說：「我有了一個好主意。」

縮在陰影裡的薛大鬍子馬上抬起頭，滿眼星星的看著寧子薰，「王妃請說！」

她小聲在薛大鬍子耳邊說……

「這……這樣行嗎？」薛大鬍子張目結舌。

「難道不行嗎？」寧子薰側頭反問。

「行，拚了！不成功，則成仁！」薛大鬍子握拳，一副慷慨就義的悲壯表情。

淳安王只負責把情報工作做好，至於寧子薰要雕什麼，他不會過問的，因為每天看著她忙碌而高興的樣子，他就很滿足了。

My Zombie Princess

第9章

原來，這就是愛

轉眼就到了春節，宮廷的繁文縟節比普通百姓更多，小皇帝和攝政王四更就得起來，先到太廟祭祖，然後乘車馬到皇家寺院——大聖壽萬安寺祈福，接著坐馬車回來再去向太后請安賀春。

等到了中午，就到正殿接受文武百官的大朝賀，整個儀式進行完畢，皇帝回後宮和太后一同接受皇親國戚的拜賀。短暫休息後，舉行宮宴，然後皇上和攝政王與諸位王公大臣們到冰場欣賞今年新增的冰球比賽；太后則率領女眷們到安泰殿欣賞樂舞表演。

因為按著計畫，過了正月就會舉行大婚，南虞的端惠公主馬上就要成為皇后，所以女眷們對這位即將上任的皇后也格外關注。

無論是從儀表還是談吐風度，這位端惠公主都無懈可擊，除了眼中偶爾閃過一絲淡淡的愁緒，她的表現可稱完美。第一次亮相就得到命婦們的喜歡，倒也在太后的意料之內。

畢竟這枚棋子可是南虞培育了好多年的，外在表現上又怎麼會差呢！可是……外表也只不過是外表，最終她能不能做好一個皇后，也只有她自己知道了。

太后端起杯，緩緩的飲了一口，目光瞟向寧子薰……今年，她也成了炙手可熱的人物了！

從一個傻子姨娘一路成了淳安王王妃，別人用盡心機也達不到的目標，她卻在短短幾個月就達成了！

她身邊寸步不離的跟著馬公公，這就意味著任何人都不能隨意接近，尤其是竺太后。

竺太后挑挑眉：淳安王還真是……口味與眾不同呢！

把杯中剩酒一飲而盡，竺太后心道：如果他知道整日與自己同床共枕的是什麼東西，該是怎麼樣精采的表情啊？

這時，又一個表演節目結束了，在眾人的喝彩聲中，竺太后裝出興高采烈的樣子，微笑著說：「賞！」

小太監們抬著大筐籮把銅錢撒得滿臺，嘩啦嘩啦的聲音掩蓋著嘈雜的歡聲笑語，分不清這戲是在臺上還是在臺下。

宮女們在席間低調的穿梭，添酒加菜。一個宮女端上一杯茶給寧子薰，旋即離開。寧子薰掀開茶蓋，卻發現裡面沒有茶水，只有一張小小的字條：去偏殿，朕等妳。

她忙把茶碗蓋上，回頭看馬公公並沒有異樣，她起身說：「我出去一下。」

馬公公雙手插袖跟在後面，寧子薰頓了一下，說：「我要去如廁。」

「老奴在門口等候。」馬公公堅決執行淳安王的命令，不能讓寧子薰落單。

寧子薰沒辦法，只好進了東廁，關上門，輕輕一躍，從高處的後窗爬了出去。

她趁著夜色跑到偏殿，皇上的貼身太監六順早已等在門外，見寧子薰到來，忙讓了進去，然後把大門關緊，站在外面把風。

元皓看上去清減不少，不過輪廓卻更加像個男人了。少年的青澀在他身上漸漸剝離，他的眼中沉積著越來越多複雜的情緒。

看到寧子薰，他的臉上露出久違的笑容。和淳安王不同，他的笑溫暖而耀目。不得不承認，這身金燦燦的衣服很適合他，明媚陽光的少年和金色很相配。

他伸出手，在寧子薰的頭頂摘下一段枯枝……可能是她爬廁所的窗戶時弄到頭上的。

「想見妳一面，真難！」他嘆了口氣。

「唔……有什麼事快說，馬公公還在東廁門口等著呢！」

元皓皺緊眉頭，不悅的說：「如果朕把那個小瑜救出來，妳就可以離開六皇叔了吧？」

「啊？呃……是啊，如果小瑜不在他手中，我就沒什麼把柄在他手裡了。」寧子薰驚訝了一下，臉上的笑容有點殭硬。

寧子薰心生愧疚，她對不起小瑜，過了這麼久也沒能把他救出來，而且自己似乎對淳安王的親密度已經遠遠高過小瑜了。雖然小瑜是她在乎的人，可與小瑜在一起的感覺和與淳安王在一起時是不同的……究竟哪裡不同，她說不上來。

「朕怎麼看妳的樣子倒像是不樂意呢？」元皓瞇起眼睛，「難道妳不想離開六皇叔？」

「呃……那是因為他最近在教我學習人類的感情，如何『喜歡』上他……」

她的話還未說完，便被元皓抓住了手腕。

他的力道大得似乎要捏碎她的腕骨，咬牙道：「不准喜歡他！聽到沒有！朕不准妳喜歡他！」

在寧子薰錯愕的目光中，他一把將她拉進懷中，用吻封住她的唇。

他的吻青澀卻帶著無比的炙熱，寧子薰掙扎躲開他的親吻，皺眉問道：「為什麼親我？」

「因為……朕喜歡妳！」元皓把她狠狠摜在懷中，好像要把她嵌到自己身體裡一樣。他沉聲道：「從見到妳的第一眼，朕就喜歡妳！朕會找到小瑜，到時妳就可以離開六皇叔了。朕會安排一個適合修煉的地方給妳，讓妳好好生活。答應朕，離開他！」

這時，外面突然傳來六順驚恐的聲音：「攝……攝政王！」

沒有回答，只聽見一聲巨響，大門被踹開，淳安王帶著一股寒風衝了進來。

一雙紅火如琉璃的眸子說明他此時怒氣正盛，他一把拉開寧子薰，狠狠一拳把元皓打倒！

「回家！」他扛起寧子薰說。

直到他消失在黑暗中，六順都沒反應過來。如果不是看到皇上嘴邊的鮮血，他甚至以為剛才都是幻覺。淳安王如一股旋風颳過，不留一絲痕跡。

直到皇上用袖口抹去血痕他才回過神來，忙上前扶起皇上，低聲問：「皇上您沒事吧？」

元皓搖了搖頭，目光中只剩下一片堅定的清冷。

他快步走出偏殿，六順忙追了上去。

沒人看到，隱在黑暗中的竺雨瑤，臉上早已濕成了一片，眼中只剩下冰凍的死灰。

◎※※※◎※※※◎※※※◎

淳安王扛著王妃疾行，一路上爆掉了無數眼球。直到淳安王把寧子薰丟到馬車上，她還暈暈乎乎的。

馭手似乎也看出淳安王的怒意，快馬加鞭，一路狂奔，在劈劈啪啪的爆竹聲中回到了淳安王府。

淳安王一聲不哼，扛著寧子薰進了她的寢宮，然後把她扔到床上，欺身上來壓住她。

寧子薰嚥了一下口水，怯怯的說：「王爺，其實……」

淳安王冷冷打斷她：「妳不是問本王嫉妒了會怎樣嗎？」

他的手捏住她的下巴，脣狠狠的壓住她的……輾轉反覆，他的吻逐漸加深，挑逗著她的神經。

他似乎也迷失在這個纏綿的熱吻中，好半天才艱難的抬起頭，粗重的喘息聲在寂靜的房間格外清晰，他的手輕輕撫摸著寧子薰的面頰，眼中只剩一片溫馨迷離，他開口道：「本王嫉妒的想要打人，想要……得到妳！讓妳只屬於本王一個人！」

他的手用力一扯，紫色的玉蘭花帳簾如水波般遮住了牙床……

他的吻逐漸加深，一點一點向下吻到她的脖頸，像是點燃了一簇一簇的小火花，讓寧子薰也感覺到身體快要沸騰了。

他的手輕輕解開她的衣服，像剝粽子一樣直到她露出潔白的糯米色。不知為何，她覺得自己的身體在淳安王的撫摸下變得越發無力。他的手與平時撫摸她和阿喵時不一樣，在她的胸口打著圈圈，像有股酥麻的電流穿過全身。

他也脫光了身上的衣服露出精健的身體，黑暗中如一隻獵豹匍匐在她身上。

他的吻越來越炙熱，用手分開她的雙腿……

「啊，你攻擊我！」寧子薰一把捏住淳安王的脖子，黑暗中露出不怎麼明顯的尖牙。

對於這個笨蛋，淳安王早已找到駕馭的辦法了，他低聲誘哄著：「這不是攻擊……這是成為女人的唯一途徑。」

女人？她現在不算女人嗎？寧子薰不禁迷茫。

淳安王深深的吻了下去，纏綿的吻更加讓她大腦罷工。

事實證明，低智商不能同時對兩件以上的事情進行關注，顧此失彼，寧子薰上當了！於是……淳安王偷襲成功。

房間內瀰漫著麝香的味道，寧子薰哀怨的瞪著一臉饜足的淳安王。

「你騙人，明明就是攻擊！我都受傷了！」她指著床單上的血跡，雖然不怎麼疼，可她流血了！

淳安王像隻飽食大餐的黑豹般，慵懶的用手支著頭，瞇起眼睛滿足的說：「第一次都會這樣，本王保證，以後就不會了！」

寧子薰狐疑的盯著他，說：「你說的是真的？」

「本王保證！」淳安王舉手。

「那……再試一次！」寧子薰說。

淳安王挑眉，下一秒寧子薰已落在他懷中……

試著試著，寧子薰突然想到，原來七王爺和太后給她的「武林秘笈」就是指導人類交配的圖嘛！不過古代人畫得太令人費解了，她愣是沒看出來！二次元也需要立體感好不好！

冰山下面原來是休眠火山，他的熱烈點燃了她的激情。

這種感覺……還真是美妙。食髓知味，寧子薰繼續「挑戰」了淳安王三次，然後……天就亮了。

殭屍果然好體力，還要挑戰第四次時，淳安王把她按在懷中，循循善誘的說：「再美味的珍饈也只能淺嚐而已，就像人參果，囫圇吞棗有什麼味道？自然要細細品嘗才能體會其中滋味。閨房之樂也是一樣的，不能一次吃個夠喔，當時舒服，過後會很會疼的～明白嗎？」

寧子薰吃驚，原來交配多了會疼。她一把抱住淳安王說：「王爺，你對我真好！」

淳安王咬牙，捂住後腰……男性的自尊心嚴重受挫！

第二天，淳安王有生以來第一次睡到日上三竿。

馬公公送上一盅海馬湯，他接過來一飲而盡。

◎※※※◎※※※◎※※※◎

在朝堂上，淳安王頻頻接收到元皓那探究的目光，然後他得意洋洋的回視……怎麼說，這種滿足的神情昭示著什麼，男人應該都該懂吧？

這惹得小皇帝更加思慮重重，好幾次聽臣上的奏報都走了神。

因為還在年節之中，除非是極重要之事，一般的奏報都被壓到年後再上呈，所以朝會不到一個時辰就結束了。

淳安王也回府補了個午覺……養精蓄銳很重要！天下都在掌中，一個女人他難道還能征服不了？淳安王發誓一定要讓寧子薰沉迷在他的「魅力」之下！

卻不料他一覺醒來不見寧子薰，問了馬長安才知道，原來寧子薰和薛長貴去城外護城河取冰，用來做冰雕，快到天黑還沒回來！

還有不到十四天就是正月十五燈會了，皇宮中通常會宴請皇親國戚和文臣百官及內眷。大概是從成祖時代開始，上元佳節京中貴戚向宮中獻燈之風漸盛，誰家的元宵燈造得最好都會得到皇上賞賜。此習慣逐漸演變成大內和眾多皇親家工匠們的比拚，近幾年攀比花燈已經換成了更加費時費力的冰雕。

只不過是件娛樂的玩意兒，竟然比他更重要嗎？淳安王皺眉。

他不知道此時自己看起來有多幼稚，竟然吃這種無聊的飛醋。

看出王爺不悅，馬公公立刻叫人去接寧王妃。

晚膳淳安王還特意囑咐廚房加了肉菜……保存體力很重要！他下意識的挺了挺腰桿。

結果，等了好半天，還不見寧子薰回來，淳安王不悅的看向馬長安。

馬公公肅然躬身，說：「老奴親自去接！」

又等了一個時辰，淳安王終於坐不住了，掀桌而起！這是要離家出走嗎？難道……難道是嫌棄他技術不好？

「備馬！」淳安王快步走出麟趾殿。

淳安王帶著侍衛隊直奔城外取冰處，只見冰河上支起高大的鐵鍋，點著牛油松脂，燃起熊熊烈火，把黑暗中的冰河照得通亮。

一群人正在岸邊切冰，裝上車子往城裡運。見到王爺儀仗到來，眾人都忙跪倒行禮。寧子薰正在冰上和薛大鬍子指揮切冰，手裡還拿著圖，看樣子是按圖索驥在量尺寸。見到臉色堪比鍋底的淳安王，她居然還笑得出來，說：「馬公公太囉唆，我叫他去馬車裡歇一會兒。這邊很快就結束了，然後我想跟大鬍子去軍械營借攻城車的實物。」

「妳的意思是，妳一會兒還不打算回府？」淳安王瞇起眼睛說。他沒發現自己越來越有醋罈子的風範了。

寧子薰眨眨眼，這才遲鈍的發現淳安王好像不高興……咳，是很不高興！

淳安王目光掃過薛長貴，他頓時飆淚，撲通一聲跪在冰上急道：「王爺，不是卑職的意思！王妃她說要加快進度！」

寧子薰瞪了薛大鬍子一眼，這個沒義氣的傢伙！這麼快就把她賣了！於是她忙蹭到淳安王身邊拉著他的衣袖說：「時間緊，不夠用嘛！還有十四天就要完工。」

「為什麼要借攻城車？」淳安王瞇起眼睛問道。

寧子薰左右看看，踮起腳尖，在他耳邊低語。

淳安王的表情這才冰消雪融，脣邊凝起一縷淺笑……他的女人果然與眾不同！

寧子薰還沒明白怎麼回事，已被淳安王抱在懷中，大踏步走向馬車。

他說：「本王陪妳去軍械營！」

剛一掀開轎簾，只見馬公公被綁成了粽子，用布條堵著嘴，見到淳安王，誇張的直甩寬麵條淚……

寧子薰對著手指小聲說：「馬公公有時真的很囉唆。」

他挑了挑眉，他家的小貓兒也有是尖牙利齒的！

淳安王親自出馬，攻城車自然輕鬆拿到，軍械營的人還狗腿的把各種火炮的製造圖紙和具體尺寸送上。不過淳安王沒收，因為武器只可以拿來借鑑，絕對不能把圖紙洩露出去。

寧子薰這才心滿意足的窩在淳安王的懷裡，乖乖的坐著馬車回府了。

回到王府，寧子薰又忙著叫人布置帷幕，安排造冰雕的場地，直忙到半夜。

終於一切都安排妥當，淳安王如願以償回到寢宮……

揮退眾人，淳安王的脣還沒吻到她，寧子薰就跳了起來說：「哎呀，今晚還沒練習吐納呢！」

「一晚不練，有什麼關係？」淳安王用力一拉，她趴在他寬厚的胸膛上。

「那怎麼行？」寧子薰暗暗腹誹，她真的很餓呀！

掙脫了他的鉗制，寧子薰跑到院子裡曬月亮。淳安王半倚在床頭，不由得皺緊俊眉……難道，他真的被嫌棄了？

第二天，寧子薰和薛大鬍子帶領工匠們在拉起的帷幕中開始工作。神秘的冰雕連淳安王府的人都不知道其真面目，工匠們被吩咐守口如瓶，除了吃飯和休息都在帷幕中工作，只能聽到冰錐鑿擊冰面發出的鏗鏘聲。

是夜，忙活了一天的寧子薰剛進寢宮，就聽到一陣悅耳的琴聲。只見燈下，淳安王穿著素雅的蟹殼青色錦衣，雲紋暗花盤紗，微微敞開的衣襟露出雪色肌膚。

黑如鴉翎的長髮並未挽起，而是隨意垂在肩頭，如雕刻般的完美容貌讓他像神話裡走出的神祇，特別是那冷傲如冰的眸子，有著睨視天下的霸氣。

在他優雅的動作下，指尖流淌出絕妙的樂曲，微垂的眸子閃過一絲似喜似怒的光芒，正反映了他此時的複雜心情……寧子薰眼中的驚豔讓他心裡踏實了許多，看來在她心中他還是有吸引力的！至於為何惱怒……他堂堂攝政王，居然要靠犧牲色相才能挽住一個女人的目光！

他告訴自己，他不過是好勝心強，不能容許各種失敗，包括在床上！

這麼想著，似乎心理平衡多了。他抬起頭，徐徐說道：「這首曲叫《鳳求凰》……」

「嗯，很好聽！」寧子薰疲倦的打了個哈欠，她根本沒聽出很有內涵的「求愛」信號。因為最近曬月亮時間不足，她特別容易疲倦，於是就撲到床上挺屍去了。

「寧子薰！」

聽到淳安王憤怒的聲音，她模模糊糊的抬起頭。

淳安王臉色薄紅，咬牙半天才說：「本王……本王的技術就那麼差嗎？」

「技術？」寧子薰滿臉問句。

「為何逃避與本王同床？」淳安王的臉很像熟透了的番茄。

這種表情才更讓寧子薰驚訝，他通紅的耳朵和略帶羞澀的目光都讓她的心不禁狂跳起來。

沒想到淳安王也會有如此孩子氣的表情，真是……太萌了！

「不是同床過了嗎？」寧子薰側頭不解問道。

據觀察，一般大型動物的發情期都是一年兩次，雖然不知道人類一年幾次，不過也應該差不多，都是哺乳動物……殭屍很自以為是的想。

「一次就想把本王甩了嗎？還是妳期待別人？」……例如小瑜！

淳安王沒說出來，他的心卻酸了一下。

寧子薰把頭埋在他懷中，聽到那強而有力的心跳，心裡說不出是什麼感覺，那種甜蜜和欣喜交融，還有幾分忐忑和激動……她的腦海中突然有個念頭，好想永遠和他在一起！

這個念頭也嚇了她一跳，她一直渴望的不是自由和孤獨嗎？怎麼會有這種感覺？

心中的迷霧漸漸散開，她開始明白了，她的心在指引著她，告訴她自己真正渴望的……

「我……喜歡你！」

這句話脫口而出，不再是疑惑和不解，不再是彷徨和迷惑，她終於明白了這種感覺——原來，喜歡一個人就是想永遠和他在一起，即使放棄自己的夢想！

淳安王怔住了，懷中的她就像隻無比溫柔的小貓，信任著他、依賴著他，當他聽到這句話，並沒有想像中的沾沾自喜、終於收納了一隻「寵物」的感覺，而是一種深深的愧疚。

他是以玩弄她的心開始的，最終的結果正如他所願，可他卻沒有勝利的喜悅，因為那純真的、深情的目光深深刺疼了他。

他不敢看她，轉過頭口是心非的說：「本王怎麼知道妳是不是真的喜歡我？」

寧子薰深深吸了一口氣，堅定的說：「王爺，我想永遠和你在一起！」

淳安王呼吸一窒，他的心在狂跳，他說不出此時是怎樣的感受。

他最不想回憶的那一幕又衝進腦海——他親眼看到，母妃在父皇的酒中摻了毒，親自端給父皇……

那時父皇已覺察出二哥所謂的「謀反」有異，暗中著手調查。為了保住大哥，為了能讓大哥登上那血淋淋的寶座，母妃親手毒死了她的夫君，與她共同生活了二十多年的男人！那種毒的毒性極慢，要到半個月後才會發作，她微笑著看他喝下毒酒，還派了兩個新入宮的美人進來伺候……

他站在暗處卻無力阻止這樣殘酷的殺戮。因為，如果他向父皇說出實情，那母妃和大哥的命運就只有死亡！

雷電劃過天際，陰森的殿宇只剩下他們母子倆。

他質問母妃，為何能對父皇下此毒手。而母妃的眼中，是他未曾見過的駭人猙獰。

「你父皇已經察覺到禹光的死不是那麼簡單，所以我只能這麼做，才能保住你們兄弟的性命！我愛了你父皇一輩子，也恨了他一輩子！所以……蒼舒，不要相信任何人！不要愛上任何人！愛上別人就等於把刀柄付與他人，可以任人宰割！」

他不敢相信，他也不能理解父皇和母妃之間究竟發生了什麼，看著母妃如此瘋狂的樣子，他的心中只剩下深深的恐懼……

「好好扶持你大哥！大齊……是你們的！」

說完，她把剩下的藥末倒向口中，他衝上去拚命搶奪！

那些朱紅色的藥末撒了一地，斑斑點點，就像飛濺的血跡，怵目驚心。

半個月後，父皇駕崩。三個月後，母妃昇駕。

他把自己的心冰封，再也不會為任何人敞開……無論是月嫵還是雲初晴，無論那些女人如何要死要活的說愛他，他都不會再有一絲心動。母妃那駭人的目光和嘶吼像一根刺，深深的嵌在心上，稍微一動便會痛徹心扉。

可是……今天，此時，當寧子薰說出這句「想要永遠和你在一起」時，他覺得那強烈的震撼讓他冰封的世界天塌地陷。有一股強大的力量撕開了那用痛苦和冷漠建築的堡壘，讓他的心又開始鮮活的跳動。

這個女人並不美，也不聰明，甚至蠢到令人髮指的地步，可她那毫無心機的目光就是讓他不能自拔的陷了進去！

母妃說，愛上別人就等於讓任人宰割。可是他堅信，寧子薰絕對不是那種會背叛他，會在背後狠狠給他一刀的女人。

他把她緊緊摟在懷中，說：「那我們就……永遠在一起！」

「王爺……」寧子薰把臉貼在他胸懷中。

「叫我名字，因為妳是我唯一的女人！」他輕聲說。

「蒼……舒。」寧子薰試探著叫道。

「子薰！」他獎勵般的在她鼻尖輕吻了一下。

「蒼舒！」寧子薰大聲叫道，眼中滿滿的都是幸福。

他沒有回答，只是緩緩俯身，給了她一個綿長而炙熱的吻……

床帳頂高懸的夜明珠「星燈」撒下點點光輝，點燃了一室旖旎。

過年的這幾天大概是淳安王最悠閒的時光，不用批閱奏摺，那些繁複的應酬也被他推掉，一心一意在府中陪著寧子薰。

他發現，和寧子薰過著胡天胡地的日子是非常享受的一件事。這麼多年，他都是繃緊神經為了國事繁忙，從未想過有一天他也可以如此輕鬆的生活，這種閒適的日子幾乎讓他不想再去上朝了！

女色誤國，看來也不是沒有道理。有了心愛的女人，就想一直陪在她身邊，看著她一顰一笑都是享受。他的責任一直都是在元皓長大前保護好他，還有保護好大齊，可現在他居然萌生退意，總是在腦海中勾畫元皓親政後，他放下一切帶著寧子薰遊遍天下過逍遙生活這種不切實際的夢想。

他們在院子裡打雪仗，在凍冰的池塘上抽陀螺，跑到街市上去閒逛，買一大堆有用沒用的東西，就像所有相愛的人一樣，無論做什麼事都不會膩。

這幾天除了在一起膩著，還要監工冰雕的事情。因為冰雕所參照的模型都是真正的武器，所以他發現寧子薰雖然對其他事都笨笨的，可對軍事卻靈敏得可怕。軍事地圖一看就懂，對於武器的性能和造型也很有興趣。甚至還提出了造一種火器，可以用來做單兵武器，據她所說，除了速度稍慢，其威力將遠遠大於弓箭，且不像弓箭還需要兵卒耗費體力，這種武器只需要動一下手指，就可以射中百步之外的敵人。

淳安王對她的提議很感興趣，不過更感興趣的是，她究竟是向何人學習這些軍事知識的……難道是那個小瑜？

淳安王試探著提起小瑜，沒想到寧子薰竟然可憐兮兮的求他道：「小瑜很可憐的，求求你放了他吧。」

「那妳先告訴我，妳和小瑜是什麼關係？他為何可以驅使妳來盜兵符？那個老道為何會聽命於太后？」他貼近她，仔細看著她的眼睛。

一絲慌亂不加掩飾的從她眼中一閃而過，淳安王心中一緊，說不清的擔憂在心湖中漾起……

「我是因為有點把柄在老道手裡，所以不得不幫他。小瑜是老道的徒弟，只不過是聽從命令而已，他真的沒做傷害過你的事情……除了那次用木棒打傷你。」下意識的，寧子薰迴避了關於身分的話題。

因為這個世界對殭屍的不容，也因為……她很在意很在意蒼舒，她害怕他知道自己不是人類，而跨越種族的愛戀，也應該讓他慢慢接受。

「放了他，好不好？」寧子薰咬著脣，用那雙清澈的眼睛渴求的望著他。

淳安王微微點了點頭，說：「那個地方有點遠，等過了正月十五，我就親自去放他。」

「我也要去……」寧子薰看到淳安王不悅的瞇眼威懾，小聲說：「我想見他最後一面。」

「好吧，一同去！」淳安王哼了一聲說。

「王爺萬歲！」寧子薰抱住他又蹦又跳。

◎※※※◎※※※◎※※※◎

閒暇的日子總是光陰似箭，很快就到了正月十五。

一般皇親國戚和三公九卿家中的工匠們都是把冰運到皇宮中，然後現場雕刻，而今年淳安王府卻一點動靜都沒有，不由得讓人懸心。

將作司的常少卿卻堅信淳安王府一定有什麼陰謀，不過四下打聽卻一點消息都沒打聽到！淳安王府真似鐵桶，保密工作做得太密不透風了！

不管怎樣，既然要到日子才運進皇宮，說明淳安王府的冰雕一定不是很大件的！無論是什麼，都比不過他的這座模擬一比一的冰城牆更加矚目了！望著巍峨的冰城，他不禁得意的捋鬚微笑。

他派了人在皇門前監視，只要淳安王府的冰雕一運到，就馬上通知他。他要第一時間知道今年薛長貴到底在玩什麼把戲。

到了夜晚，點上彩燈，支起火架，放眼望去，整個太液池都映襯在一片迷離的燈火下，沿著太液池四周寬敞的冰面林立著無數巧奪天工的冰雕，沿岸的樹枝上都掛著五彩斑斕、造型各異的彩燈，裝點的格外絢爛奪目。

王公貴族們陸續入宮，連淳安王和王妃都入宮了，可依然不見他們家的冰雕，常少卿在想：難道今年淳安王府拿不出什麼好作品，已經放棄了？不太可能吧！薛長貴這廝，因為小桃最終嫁給自己而一直耿耿於懷，怎麼可能輕易認輸？

正當他萬般糾結之時，淳安王府的冰雕被推了進來，十多輛馬車拉著，上面蓋著苫布，根本看不出來是什麼東西。

就因為神秘，連太后和皇上都不禁好奇淳安王府到底雕了什麼，皇親國戚、王公大臣們更是擁到前面圍觀。

眾人費力的把冰雕抬下來，有一個不慎苫布滑落，只見是個巨大的「碗狀物」……冰碗？這……這也太簡單了吧？而且連點花式都沒有，平凡得一塌糊塗。眾人難掩失望的表情，不過衝著淳安王的面子，也只得拍幾個不太響亮的馬屁——

「此碗雕琢甚圓，看來工匠手藝不凡吶。」

「雖然物件平凡，但寓意非常，此乃預示國泰民安，人人豐衣足食之意……」

寧子薰在一旁翻了個白眼，人類真虛偽！

卻被淳安王輕輕握住小手，他低聲在她耳畔說：「注意形象啊，王妃！沉住氣，就算是給他們一個意外驚喜吧！」

寧子薰點點頭，兩人深情對望。

My Zombie Princess

第10章

為君生，為君死

不遠處，竺太后、皇上和竺雨瑤的表情各異……任何人都能看出他們是真正的兩情相悅吧，只有相愛的人彼此凝視才能在黑夜中綻放如此絢爛的光芒。燈光、人群還有喧鬧的聲音都被隔絕在外，他們的眼中只有對方。

元皓的手在袖中緊緊握成拳頭，他的心在顫抖：寧子薰的眼中除了清澄，再也不會有一絲情感，為什麼、為什麼此時……他竟然看到那雙不解世事的眸子裡閃著動人的情愫！

竺雨瑤也咬緊了唇：那個冰冷的男人，他竟然微笑了！她不由得看呆了，沒想到他的笑容是那樣好看，充滿了暖意，像陽光般耀目明亮，讓人不能直視。只不過這溫暖的笑容只屬於一個女人……她的目光移向元皓，看到他幾乎不能自持的樣子，不由得冷哂……反正有人比她更痛苦，比她更可悲！

這時，一隻冷冰的手握住了她的手。竺雨瑤心中一驚，抬起頭正對上太后那雙布滿陰霾的鳳目。

「收起妳絕望的目光！」她低聲說：「哀家終於等到了這個機會，妳放心，哀家會幫妳剪除寧子薰，至於如何把皇上的心套牢，就看妳自己了！」

「太后……」竺雨瑤吃驚的看著她。在淳安王如此嚴密的防守下，她如何能在眾目睽睽之下除掉寧子薰？難道她不怕淳安王會跟她翻臉嗎？

「噓～」太后的手指放在嬌豔欲滴的脣中間，眼中卻是無比的自信。她輕聲說：「不要露出一副不敢相信的樣子，哀家不會打無把握之仗！」

這時，遠處的鼓樂聲響起，小皇帝元皓率群臣走向太液池邊，繞著冰湖觀賞花燈和冰雕。太后向竺雨瑤伸出手，說：「咱們也該下去了。」

竺雨瑤忙扶著太后走向冰池，不遠處一干女眷也都匯聚在太后身邊，緩緩走向太液池。各家的冰雕技藝超群、巧奪天工，只不過都輸在過於纖巧精緻，不如將作司所雕的龍城氣勢恢宏。一路品評下來，龍城奪冠呼聲最高。

直到最後，走到龍城之下，小皇上停住腳步，對淳安王說：「不知淳安王府的大作為何還不現身？」

淳安王微笑著的說：「今年臣府上的冰雕是王妃一手安排的，所以要請王妃來展示。」

元皓下意識的把目光投向女眷的方向，尋找寧子薰的身影，不過她並不在那裡。

從苫布後面跑出來的寧子薰已換上了一身戎裝，裝扮看起來像是大齊的將軍。頭戴鳳翅盔，身穿束甲，倒像是要行軍打仗似的。

看到她英姿颯爽的女將軍扮相，元皓不禁微微失神……她總能帶給他意外的驚喜還有意外的傷痛。

「寧王妃這是要唱哪齣戲啊？」他淡淡的問，其實心底卻早已波濤洶湧。

寧子薰行了個軍禮，抱拳道：「稟皇上，淳安王府今年的冰雕作品的確是要演的！因為皇上和諸位大人都已觀賞完其他的冰雕，所以請到觀景臺上坐，看淳安王府的節目。」

元皓挑了挑眉，還是第一次聽說需要「表演」的冰雕節目！

眾人也都十分好奇，在下面竊竊私語。

「好吧，那朕就欣賞一下寧王妃的表演！」他勉強微笑，轉身走向高臺。

等眾人悉數上了觀景臺，黑衣侍衛吹滅了所有花燈，太液池的冰面上只剩一片黑暗死寂。

這時，遠處傳來颯颯的鐵甲之聲，隨著鐵甲逐漸走近，戰鼓聲也響了起來。

布置在四周的火堆和懸在高處的松油燈同時亮起，無數面大銅鏡加強了光線的強度，只見那些苫布都已不見蹤影，太渡池的冰面上矗立著無數用冰雕製成，栩栩如生的水晶般的武器戰陣！

寧子薰一身金甲，火紅色的戰袍在強光下熠熠生輝！她抽出腰間的「冰劍」直指「龍城」，大聲道：「拿下雍城，大齊萬歲！」

原來她是在演成祖手下的名將盧玄北征的故事！元皓的目光被她深深吸引住了……

「是！」鋪天蓋地的雄壯吼聲響徹殿宇。

龍城之上已有裝成北狄人的兵士，與下面進攻的兵士互相攻射。不過兵士們手中的弓箭卻是去了箭鏃的，木箭桿上還包著軟布。

那些兵士竟然真的用冰填裝在冰製的投石車上，當然，投石車的槓桿和皮套、投筐都是木頭、皮子和竹子做的，所以還真的能發揮投石的作用。

轟隆一聲巨響，雕刻精美的龍城城樓已被砸掉了半邊。

寧子薰揮劍，大叫：「衝啊！」

兵士們舉著火把還有武器衝了進去，廝殺、攻打還有隆隆的炮聲不絕於耳。展現在眾人面前的是一場宏大的戰爭，是無數戰士用生命和鮮血鑄就大齊鐵一般的疆土，只要是齊國人，都不會忘記這場殘酷的戰爭。

最後，當冰雕的龍城化為一堆廢墟時，在上面觀看的常少卿都石化了，心中泣道：薛長貴，你也太狠了吧？

「取得勝利」的大齊兵士們站在城頭歡呼，揮舞大齊旗幟，樂聲驟起。下面的兵士列隊，隨著長戈揮舞，戰鼓擂動，雄性專屬的陽剛氣息瀰漫了整個冰場，他們跳的是無比雄壯的《秦王破陣舞》。

所有人都感受到從戰場上飄來濃烈的烽煙氣息和視死如歸的悲壯情懷，那一招一式無不勾勒出勇士的雄壯威武、凜然震竦，讓在場的人都為之熱血沸騰。

雖然龍城已毀，卻沒有人覺得可惜，這一場精采的冰戰宣示著齊國尚武的精神和鐵血男兒勇猛的情懷，讓這夜花燈暗淡，冰雕失色。

當暴風驟雨般的鼓點和號角聲結束最後一個尾音之時，寧子薰如一團火焰衝到觀景臺下，率全體兵士齊齊跪拜，大聲齊喝：「天佑大齊，國泰民安！吾皇萬歲萬萬歲！」

而眾人此時也明白那個巨大冰碗的作用，那裡盛滿了美酒，在燈光的映襯下閃著琥珀色的光芒，用冰錐在四周鑿孔，酒水四濺，「獲勝」的戰士們都擁到下面舉著杯盞接酒，一時間喧鬧聲和酒香布滿全場。

元皓垂目，說了兩個字：「重賞！」

然後觀景臺上響起雷鳴般的掌聲，經久不息。

「謝皇上賞賜！」寧子薰起身，卻發現皇上早已轉身離去。

站在最前排的淳安王卻對她微笑，寧子薰心裡暖暖的……不管她在哪裡，總有一個人在注視著她、在等著她，這種感覺真的很美好！

天空騰起絢爛的禮花，寧子薰被宮女帶到最近的宮室更衣。

剛剛脫下戰甲，寧子薰超敏銳的聽覺聽到一陣熟悉的腳步聲……是小皇帝！

元皓的眼中是她所不能理解的複雜，似怒似悲。雖然在人類的世界生活了半年多，可她還是不能完全弄明白人類的想法。

不過這些都不重要，無論小皇帝如何想，她只是想真誠的把自己的想法告訴他。

「皇上……我決定不離開了。我喜歡蒼舒，想要和他在一起。至於小瑜，蒼舒已經答應放了他。所以……皇上不用再派人尋找了。」她平靜的說。

「妳……妳說什麼？」元皓不敢相信。

從第一次見面，他就篤定這個女子是不食人間煙火的仙子。在她身上發生的種種神蹟，不就說明了她的與眾不同嗎？她為什麼會喜歡上六皇叔？

「那，妳所說的晶片也不取了嗎？」元皓咬唇看著她。

「嗯……」她點了點頭。只要小瑜同意不再用人偶控制她，那取不取都無所謂了。

「為什麼？為什麼是淳安王？難道朕就不行嗎？如果妳決定要在人間生活，要選擇一個伴侶，為什麼不能選擇朕？朕也喜歡妳喜歡到發狂啊！」他一把抓住寧子薰的肩膀，絕望的低吼著。

寧子薰低下頭……看到小皇帝此時悲傷絕望的表情，她的心有點疼……這就是人類所謂的「共鳴」吧！她左想右想，卻都想不明白她究竟哪裡吸引了小皇帝。或許就是因為她是淳安王的女人，所以他才會有欲望爭奪。不過看到他悲傷，她還是於心不忍！

「皇上，喜歡不是可以控制的。我喜歡他，說不清楚為什麼。這也許就是人類感情的奇妙之處，不是因為外貌、地位、金錢，只是因為他吸引了我！我也很高興能夠喜歡上他……」

元皓的手從她肩頭無力的滑下，那雙眼中的堅定已讓他心如死灰。

人生若只如初見……命運註定的相遇，讓他與她目光交會之際，便種下了情緣。那時的她還只是白紙一片，純潔得未解情為何物，若他真的後悔什麼，便是沒有真正下決心去好好珍惜一個人，好好學著如何愛一個人。

他的生活太過複雜，無時無刻不在提防和緊張。他知道如果他強行把她留在身邊，只會讓她捲入巨大的危險之中。是他的猶豫錯失良機，而現在，她的心中已不會再有他的位置。

該放手了，讓她的幸福不再有負擔，他能為她做的，只有這一樣。

元皓看著她，微笑道：「一定要幸福！如果妳過得不幸福，朕還會……把妳搶回來！」

然後，他默默轉身，離開。

他的身影顯得那樣孤寂和蒼涼，寧子熏張了張嘴，卻始終發不出聲音。她知道，受了傷的戰士都會找個安靜的地方療傷，哪怕這傷是在心中……她只希望他能很快「癒合」。

燦爛的煙火綻放在夜空，淳安王依然站在觀景臺上，遙望著遠處層層宮闕。

身後傳來熟悉的腳步聲，寧子薰在身後緊緊抱住他。隔著玄色的貂氅，她感受著他的體溫，彷彿這樣能汲取他強大的力量一般。

「跟他談完了？」淳安王的聲音有點冷。

寧子薰身體一僵。怎麼在他面前，她永遠是透明的呢？難道人類和殭屍的智商真的差這麼多？

「我……只是想跟皇上解釋一下。」

「我知道。」淳安王轉過身，用玄色貂氅把她包裹在其中，輕聲說：「所以我才忍住嫉妒沒闖進去。算是對元皓有個交代吧！這次就算成長要學習的一課，他總會遇到只屬於他的女子！」

「咦，奇怪？人人都說淳安王和皇上勢如水火，我怎麼感覺你們這對叔姪很有愛？脾氣、性格和喜好都驚人的相似！難道……」她終於突破殭屍的智商，有更高層次的「想像力」了。

不過她卻被淳安王黑著臉捂住嘴，「不許瞎想！元皓是我大哥的親生兒子！」

結果思路還是跑偏了……

寧子薰嗅到他手掌中有股清香，好像是酒的味道，不由得伸出舌頭舔了一下。

淳安王身子一僵，把她緊緊「嵌」在自己身上。隔著厚厚的錦衣，寧子薰也感受到他下體的變化，不過被他捂著嘴，想說話卻說不出來。

他瞇著動情的血眸，咬牙說：「咱們回府『吃元宵』去！」

◎※※※◎※※※◎※※※◎

過了正月十五，這個年才算真正過完，第二天淳安王卻破例告假未上早朝。

陽光透過窗檻，把喜鵲登梅的窗雕印在地上，錦被中伸出一雙玉藕般的手臂，慵懶的掀起床帳……卻被一隻大手握住。

淳安王聲音沙啞的說：「再睡會兒。」然後把她像隻小貓一樣「塞」回懷中。

胸前、頸間的無數紅草莓昭示著昨晚的瘋狂，寧子薰無聊的用手指戳著他堅硬的胸膛。

「昨晚本王可是辛勤耕種了一夜！」他抓住她的手指，懲罰性的咬了一口。他的手撫在她平坦柔軟的小腹上，說：「沒準兒種子已經發芽了。」

「什麼種子？」寧子薰坐起來好奇的問。

淳安王捏著她的鼻子笑道：「我是說，妳沒準兒已懷上我的孩子了！」

寧子薰怔了一下，低下頭說：「我是不會懷孕的……」

人類對於繁衍後代很看重嗎？她一個殭屍怎麼可能會孕育人類的寶寶？這是完全不可能發生的事情。

看到寧子薰失神的樣子，淳安王從身後摟住她，說：「不要擔心，明兒找個太醫好好瞧瞧，妳這麼年輕怎麼可能懷不上呢。」

她張了張嘴，可是那句話始終說不出口。

她不是人類啊……她是人類所恐懼，憎惡的殭屍！

她想，他也是喜歡的她的，不是嗎？如果她向他坦白，他也應該能接受自己的身分。如果一直這樣欺騙下去，她覺得自己會良心不安。

寧子薰煩躁的撓了撓亂髮……那些侍女們為她梳的頭髮總是很複雜，還要戴一大堆沉得要死的金屬，壓得她都沒辦法用側頭發呆的表情了！等到晚上和淳安王學習春宮圖什麼的，就會滾得像草窩。不像小瑜為她梳的頭，都是很舒服簡單的髮型……

一提到小瑜，寧子薰心裡就更不是滋味了──小瑜是她在這個世界上第一個熟悉並相信的人類，她不願意讓他受苦。

不過王爺比較記仇，用人類的話說就是「小心眼」。萬一他生氣，不肯放小瑜，怎麼辦？她得努力拍他馬屁，先讓他高興才能提放小瑜的事……咦，跟狡猾的人類在一起果然也變聰明了耶～

寧子薰一臉望天傻笑的表情讓淳安王不禁擰起了眉頭。

感受到了淳安王不悅的目光，寧子薰趕緊伸出小爪子去撫平淳安王皺起的眉頭，把那雙俊秀的濃眉「擺」回原位，還狗腿的幫淳安王按摩肩膀。

「妳又在想什麼事，樂得嘴都快咧到耳根了？」淳安王瞇著眼睛像隻慵懶的黑豹。他還是挺享受那雙小爪子在他肩膀捏來捏去的感覺，雖然都沒按在正確地方。

「那個……王爺，我喜歡你！」寧子薰把頭湊到淳安王耳邊小聲說。

雖然這句話並不是他第一次聽到，也不委婉動聽，可是從這個笨蛋口中說出來，卻總是讓他心情沒來由的變得十分舒暢。

淳安王抓住她亂揉的小爪子咬了一口，「那妳說說看，妳到底喜歡本王什麼？」

嗷~~人類居然咬殭屍，還有沒有天理啦？作為第一個被人類咬的殭屍，寧子薰感到萬分憋屈，不過為了小瑜只好忍了！

「呃，喜歡王爺……」她撓了撓鳥窩頭，瞪了半天眼，說：「凶猛恐怖！不光小皇上、大鬍子，還有整個淳安王府的人都害怕你。昨天你瞪了一眼端茶給我的小丫頭，她馬上就嚇哭了，跪在地上把頭都磕出血了。」

在殭屍社會中，誰最駭人恐怖誰就最受歡迎！能把人類嚇哭可是非常厲害的喲~因為末世人類對殭屍都視覺疲勞了，什麼沒皮、斷手、滿臉血之類的都不會嚇到人。所以，作為一個人類，淳安王瞪一眼就能把別人嚇哭的確最威武啦！

不過……她怎麼看淳安王的臉色更難看了？

淳安王嘴角抽了抽，「妳就喜歡這點？」

「還……還有！喜歡王爺聰明，懂很多很多東西。」寧子薰馬上補充，這才感覺淳安王的冰山臉似乎有點回暖的跡象。

哎，讓詞彙匱乏的殭屍拍馬屁真是太難了！寧子薰一邊幫淳安王瞎按，一邊努力的想詞說道：「王爺什麼都會，會騎馬、會武功、會批奏摺、會打冰球……」

「繼續。」淳安王挑了挑眉。他挺喜歡看這張為難的小包子臉皺眉望天的表情，跟阿喵蹭腿求魚乾的樣子如出一轍。

「王爺還帶我出去玩，教我寫字看書……」

淳安王抓住她的手塞進被子中，慢慢下移，在她耳邊輕聲道：「妳忘記本王還教會妳一樣……魚水之歡。」

寧子薰呆呆的看著他，淳安王眼中染滿情慾，引導著她的手輕輕握住，說：「按摩這裡比較舒服……」

「是這樣嗎？」寧子薰傻傻的瞪著大眼睛，一臉「蠢」真的表情。

「嘶……溫柔些。」淳安王慢慢引導她的動作。

「那這樣呢？」

「看來本王又要教妳新『知識』了！」

「……」

好吧，時間過得很快，一轉眼就到了下午。寧子薰才發現，自己的馬屁白拍了，想說的話一句都沒說出來！

「王爺？王爺……醒醒啦！」寧子薰用頭拱了拱淳安王。

為什麼不用手？因為她被淳安王桎梏在懷中變成了人形抱枕。

淳安王聲音沙啞的揉了揉她的鳥窩頭，說：「乖，讓我再睡會兒。」

寧子薰扭來扭去不消停，說：「王爺，你說話還算不算數啊？你說過如果我喜歡上你，你就答應我一件事的！」

「什麼事？」淳安王懶懶的聲音從頭頂傳來。

寧子薰說：「王爺，你放了小瑜好不好？你答應過我的！」

她突然感覺到淳安王懲罰性的勒緊她的身體。

「在本王懷中還提其他男人？」

「你吃醋啦，王爺？」寧子薰胳臂不能動，像隻蟲子蠕動了兩下。

淳安王哼了一聲，說：「知道還敢問！那個小瑜根本就是對妳心懷不軌，如果放了他，他一定會想盡辦法讓妳離開我。」

「我不會離開你的，因為我喜歡你。我想親自告訴小瑜，我喜歡上了王爺，想永遠在你身邊！」寧子薰把頭埋入他的懷中，聽著咚咚的心跳聲，覺得在這個世界上她終於有了存在的意義。因為，眼前這個人類讓她明白了什麼是愛，正是這份情感讓她跨越了不同的世界和種族與他走在一起。

「再說一次聽聽。」淳安王閉著眼睛，下巴摩挲著她亂蓬蓬的頭髮。他也感覺到懷中的人兒緊緊的抱著他，彷彿像是要和他融合成一體。這種感覺是他這一生都不曾體會過的，他那顆冰封的心早就因她而融化了。

「我喜歡你，喜歡你，喜歡你，喜歡你，喜歡你……」

◎※※※◎※※※◎※※※◎

寒星點綴在冬夜的天幕上，下了一整天的雪終於停了。積雪堆積在枯枝，替每條枝椏都染上了銀色的線條，巍峨的宮城在夜色中只能顯出黑漆漆的輪廓。

黑暗中幾個人提著氣死風燈，在彷彿永遠也走不完的幽長甬道中快步行進著，吐出的氣息在空氣中凝結成團團白霧。四周死一般的寂靜，只能聽到腳下踩著積雪的咯吱聲。

一隊夜巡的禁衛軍看到那幾個人，不免高聲提喝：「什麼人不懂規矩，夜間在宮中行走？」

氣死風燈緩緩舉高，走在最前面的女子緩緩摘下佛頭青色的氅衣帽兜，露出一張清瘦而冷峻的面孔。她說：「太后夜間犯了心痛之疾，命我等去御醫院傳喚。」

「喲，原來是綺煙姑姑！恕小的們眼拙。」禁衛軍的小頭目馬上變得一臉討好的奴才相，他忙緊趕了兩步，上前施禮道：「這麼冷的天，打發奴才們去請也就是了，怎麼還勞動姑姑？太后身邊沒您可怎麼成！」

綺煙姑姑彷彿不願多說，冷冷道：「如果沒事，我們就走了，太后還等著診病呢。」

小頭目連忙點頭，叫身後人再拿兩個燈籠替她們照著，並說：「雪天路滑，姑姑慢行。」直目送著那隊人消失在黑暗中……

來到太后宮中，「太醫」脫下墨色披風，露出一張鬚眉皆白的蒼老面孔。

太后朝綺煙點了點頭，她領著其他人都退了出去。

那老者衝太后微微頷首，微笑道：「太后就不怕貧道暴露身分嗎？要知道皇上和淳安王在宮中都有自己的眼線啊。」

竺太后手裡攏著手爐，十分得意的說：「沒關係，從明日起，你的身分不必再隱瞞了。因為，我有更重要的事要你做！」

那老者吃驚，說：「難道是我師弟的事暴露了？」

竺太后扯了扯嘴角，冷笑著說：「天底下許多事都是『有心栽花花不成，無心種柳柳成蔭』。那對笨師徒把已經死了的寧子薰弄活了，說是什麼『活屍』，還成功的把她弄進了淳安王府。」

「一個人，若有了感情，也就有了弱點……就算是陰險毒辣的淳安王也不例外！哀家也是個女人，自然能看明白一個男人究竟是逢場作戲還是動了真情。只可惜，他所喜歡上的女人根本就是個怪物！哀家一直隱忍，就是在等獵物吞下毒餌。雲隱子道長，你說哀家終於找到可以扳倒攝政王的好機會了，怎麼能不高興？」

「活屍……」那老者的興趣卻被這兩個字勾住了。他抬起頭，眼中放光對竺太后說：「但不知太后想讓貧道做什麼事？」

微微跳動的燭影中，竺太后挑了挑眉，豔紅欲滴的朱唇微啟：「給他……最致命的一擊！」

◎※※※◎※※※◎※※※◎

淳安王府——

「哎呀，王妃，您的手出血了！」

在侍女的驚呼中，寧子薰回過神，這才發現剪子戳破了手指，紫黑色的血從指間滴下。

侍女想為她包紮，她卻木然的搖了搖頭，用手帕裹住傷口，「沒事，不疼，妳下去吧。」

大家都知道這位新王妃有些呆，跟常人很不一樣。即便這樣，卻也沒擋住她受到王爺寵愛，連王爺身邊最親近的下屬都十分維護她，例如馬公公和薛長貴。真不知道她有什麼手段可以降服冷如冰山的王爺……

至於她們這些小侍女，只是覺得新王妃從不為難下人。有她在，連王爺看上去都不那麼可怕了，王府的氣氛也越來越「解凍」了。

等那幾個小丫頭都退了下去，寧子薰把纏在手指上的那一大團手帕解下來，深可見骨的傷口早就變成了一道細線。

心中……很是不安，是因為要見到小瑜嗎？寧子薰甩了甩頭。

外面傳來腳步聲，那熟悉的步伐讓寧子薰呆板的面孔露出了微笑。

「聽侍女們說妳的手受傷了？過來，本王看看。」淳安王一襲墨色大氅，領口綴著玄狐，像展開巨大的羽翼，帶著外面的寒氣把她包裹入懷。

「沒事，我就是在學習插花，一不小心傷到手了。」寧子薰喜歡聞他身上的味道，那種味道叫做安心。

淳安王看了一眼滿地的「殘花敗柳」，瞪了她一眼，說：「這大冬天的，妳是不是把暖房裡的花都禍害光了？」

「是馬公公說王爺不喜歡薰香的味道，喜歡自然花草的香味，讓我好好學習插花。你看，這是我的作品！」寧子薰急忙獻寶。

淳安王嘴角直抽……這個頂著一頭胭脂梅的小草人兒也算是插花？

於是，淳安王大手一揮，說：「學得不錯，馬公公『教導有方』，這盆插花就賞他屋裡擺著吧！」

於是馬公公的小徒弟哭喪著臉，捧著這盆「奇葩」端回馬公公屋裡，路上看到的人都捂著嘴不敢笑出聲。

「本王已派人把小瑜帶回來了。」淳安王說。

「真的？他在哪？」寧子薰激動的跳起來。

淳安王瞇起狹長的狼眸，拉住她的手腕，說：「寧子薰，妳好像沒上唇妝！」

寧子薰還沒明白怎麼回事就已被淳安王拉入懷中，狠狠吻住。

「唔唔……唔……」寧子薰直翻白眼。

「向情敵宣示所有權」什麼的，殭屍同學當然不明白，她只覺得淳安王上輩子一定是隻狗，特別喜歡啃東西！

寧子薰捂著香腸嘴，幽怨的看了一眼淳安王。

這時，門外已有人傳稟。門簾響動，小瑜被推了進來。

一看到小瑜，寧子薰一下子站了起來，急急巴巴的問：「小瑜，你……你還好嗎？沒受傷吧？」

小瑜想衝過去，無奈被繩子綁著不能動彈。而且，他看到了一旁坐著的淳安王，正用冰冷的目光望著他。

「我沒事。淳安王，你到底想怎樣？」小瑜憤怒的叫喊著。

可回答他的只是一聲冷嗤。淳安王起身，輕輕瞥了一眼寧子薰，說：「本王很討厭看到他，希望這是最後一次。」說完，轉身離開。

寧子薰忙跑過去解開小瑜身上的繩索，看到他除了面色蒼白些，其他都沒什麼變化，這才安心。

小瑜抓住她的手，低聲問：「他沒有傷害妳吧？」

寧子薰搖了搖頭，說：「小瑜，我們不偷兵符了好不好？王爺答應不追究你和你師父，你們可以找個幽靜的地方生活……」

「那妳呢？他為何會答應放過我們？」小瑜心中一窒，急切的打斷她的話。

寧子薰小聲說：「我……我不會離開這裡了。」

小瑜死死抓著她的手臂，咬牙道：「一定是淳安王威脅妳的是嗎？我不會為了自己的自由而把妳拋下的！大不了一死，又能怎樣！」

寧子薰急忙說：「不是不是，小瑜，你聽我說，我……我喜歡上了淳安王，我想和他在一起……」

「妳說什麼？」小瑜簡直不敢相信自己的耳朵，他瞪大了眼睛不可置信的望著寧子薰。

「對不起……」不知道為什麼，寧子薰有點不敢看他的眼睛，垂下頭說：「對不起，小瑜，我知道我不應該喜歡淳安王，可是……可是這種感覺就是讓我覺得好幸福，我想和他在一起，甚至可以放棄自由生活在山林間的夢想！」

「不可以！妳不可以喜歡上他！」小瑜死死的抓住她的肩膀嘶吼著，眼中滿是絕望。

他不能相信，也不願意相信他的小殭會喜歡上淳安王那個陰冷的傢伙！小殭是屬於他的啊！為什麼……他的心會這麼痛？痛得好像要裂開似的……

他拉起寧子薰的手說：「不要相信他！他不可能喜歡上妳，妳這麼呆，他根本是在利用妳、欺騙妳啊！」

寧子薰用力搖頭，說：「不會的，他說過，一諾千金。這個成語我在書上看過，明白它的意思。淳安王是個守信的人，我相信他。」

聽到這句話，在門外不放心而「聽牆根」的淳安王早就按捺不住激盪的心情，一把推開房門走了進來。

這一句「相信」，對他的意義有多重要，只有他自己明白。從出生起，他就一直活在爾虞我詐的宮廷中。算計和防備讓他永遠身披鎧甲，他從來不相信任何人，也從來不會讓任何人靠近他的心，有機會傷害他。只有寧子薰，能讓他毫無防備的卸下偽裝；也只有她，能讓他那顆早已冰封的心鮮活的跳動，感受到什麼是情感和信任。

淳安王伸手扯開小瑜的手，把寧子薰摟在懷中，那雙霓色狼眸滿是寵溺。他捏著寧子薰小巧的下巴，說：「說得好！本王也答應妳，永遠不會離開妳！」

然後，他睇著眼睛對小瑜說：「好了，你可以去找你師父離開京城了。以後不要再出現……」

這時，門外突然傳來馬公公急切的聲音：「王爺，皇上和太后御駕已到府門前了！」

淳安王一怔，不由得皺眉，這毫無徵兆的光臨是什麼意思？宮中的眼線居然都沒有消息回報！不過，以竺太后的性格，大概是又想演什麼戲給他看了吧！

他鬆開寧子薰，說：「咱們前去迎駕！」

他根本沒把小瑜當成敵人……甚至連個人都不是，彷彿只是透明的空氣。

小瑜就這樣看著他們倆很自然的手牽著手走了出去。他指甲陷入緊緊握住的拳心，拳頭狠狠的捶在桌上，只是那一腔憤怒失落傷心卻如何也捶不散……

◎※※※◎※※※◎※※※◎

黃羅傘蓋下，太后和小皇帝元皓早已下了車輦。

淳安王和寧子薰忙上前見禮，小皇帝是一臉的不情願，他皺眉道：「攝政王不必多禮，今日是太后說要試一種奇特的新香才來找寧……咳，寧王妃的！」

淳安王挑了挑眉，說：「既然太后想試香，傳旨宣子薰進宮便好，大冷天的，何必御駕親行？」

太后把手中端著的手爐遞給一旁的宮女，淡淡的微笑道：「自從先帝駕崩，哀家便很少出宮了，更何況是臣子宗室的府邸？昨日剛尋得一種異香，夜間便做了個奇怪的夢，夢見寧王妃懷了身孕！這倒是個祥瑞的夢，所以哀家就想著，也許應該讓寧王妃試試這個異香，正巧過完年，宮中也無事，所以就和皇上來『串門子』了。」

寧子薰眨了眨眼，覺得太后真的是很閒，而且她根本不可能懷上小殭屍好不好？

淳安王則是一副「既來之則安之」的表情，想知道太后要演什麼戲，當然得繼續看啊！

於是，太后和小皇帝一行被迎入淳安王府。

進入正廳落坐，獻茶已畢，太后吩咐道：「去把異香取來。」

小皇帝也覺出了點「陰謀」的味道，而且這陰謀似乎是針對寧子薰的。他害怕太后在香中放毒，於是開口道：「既然是異香，兒臣也想聞聞，母后可別只偏向著寧王妃啊！」

元皓深知若自己這個皇上沒了，她這個空架子太后就完全沒用了，所以他寧可用自身的安危來要脅太后，迫使她不敢對寧子薰下手。

太后挑了挑眉，笑道：「當然，既然讓皇上也來，自然是大家一同品香！因為寧王妃是品香的行家，能分辨出香中細微的差別，所以哀家才要來淳安王府的。」

只見一個鬚髮皆白的老道捧著香爐進來，淳安王不由得皺了一下眉頭。一旁的馬公公借獻茶的機會在他耳邊低聲說了幾句。馬公公替淳安王打理宮中暗衛的事宜，自然知道這個人是御醫院的。

只見那個老道衝皇上、太后還有淳安王施了個禮，把拂塵搭在臂彎中，說：「貧道雲隱子，乃是靈仙派掌門。」

淳安王冷笑道：「聽聞過道長名號，不過，雲隱子道長為何會蟄伏在皇宮中好幾年，難道有什麼隱密之事不敢說嗎？」

「回王爺的話……」雲隱子忙垂頭說：「靈仙派一直以讖緯之術名揚天下，歷代掌門都是靈力最強之人。不過，讖緯之術乃是窺天機損元壽的高難道法，所以就算是靈力充沛的人，平生也只敢用三次，否則就會耗盡元壽而亡！貧道秉承師尊教導，以天下蒼生之福祉為己任。幾年前貧道施展第三次窺天大術，結果卻看到十分可怕的景象……」

淳安王垂著眼眸，面如寒冰，看不出任何表情，他冷聲道：「說下去！」

雲隱子撲通一聲跪下，「是……旱魃臨凡，塗炭生靈。連皇上和王爺您，都有危險！」

淳安王纖長的手指輕敲桌面，冷哂道：「所以，雲隱子道長你就化妝成御醫到了皇宮中？怎麼樣，可曾抓住旱魃？」

「回王爺話，至今未曾。」雲隱子低頭道：「不過……貧道卻尋來這枚異香，用了之後可以幫助諸位貴人不受旱魃魅惑，能保大齊百姓平安。」

「哼，蠱惑人心！憑一塊破香就能保護大齊？那乾脆把軍隊解散算了。」小皇帝看這妖道越來越不順眼。

寧子薰則坐在一邊無聊的玩手指，心想：不是品香嗎？這些人都離題了好不好！

太后忙插言道：「靈仙派的讖緯之術天下聞名，幾乎三國之內的大事發生都得到了驗證，你們怎麼可以不相信？」

這倒所言不假，許多歷史大事的確透過讖緯之術得到了印證，這也就是靈仙派為何地位如此高的原因。而且，靈仙派的宗旨就是利用讖緯之術預測天下浩劫，以減少生靈塗炭，以拯救天下百姓為己任。

歷代掌門都潛心修煉，極少下山，沒幾個人見過雲隱子，所以他「失蹤」了好幾年都找不到。

太后微微一笑，深深的望著淳安王，說：「王爺相信哀家，哀家也是為了保護皇上，保護大齊！」

話至如此，淳安王和皇上都沒什麼理由拒絕了。

小皇帝元皓不耐煩的瞥了一眼雲隱子，道：「那就請雲隱子道長焚香吧！」

雲隱子打開錦盒，取出一塊黑忽忽的東西放入已燃好炭的香爐中。剛一放上去，就散發出一股難聞的惡臭。

元皓捂著鼻子嚷道：「這是什麼東西？還敢叫異香，太難聞了！」

雲隱子垂眸冷笑：「回皇上，這是還屍丹。人類聞了當然沒什麼異樣，可旱魃若是聞了……」他的目光突然望向寧子薰。

寧子薰側頭，很不解的看著小皇帝，問：「臭？我怎麼聞著是香的？」

正說話間，寧子薰只覺得一陣陣眩暈……

太后眼中閃過的猙獰之色，雲隱子脣邊凝著森冷的笑意，還有淳安王緊鎖眉頭的樣子，小皇帝面顯駭然的表情……這一切似乎都開始變得模糊起來。

寧子薰只覺得有什麼東西像是不受操控要撕裂身體噴湧而出，她口中的獠牙和指甲飛速變長，那雙原本清澄的眸子此時卻閃著野獸般的螢光，她已然完全不能控制自己，乾癟的腦仁裡只剩下對嗜血和殺戮的渴望，就像最低級的「感染者」殭屍！

淳安王吃了一驚，急忙叫道：「寧子薰，妳怎麼了？」

寧子薰發出嘶啞的吼叫聲，對著淳安王衝了過去！她那雙鋒利爪子眼看就到了淳安王面前——

淳安王一把抓住她雙手，對馬公公喝道：「那香有問題！」

馬公公敏捷的衝過去一腳踢倒香爐，不顧正燒得灼熱的炭火，將還屍丹撿了出來。

淳安王光顧著提醒馬公公，根本沒想到被自己抓住雙手的寧子薰突然張口狠狠咬住了他的脖子！那鋒利的獠牙刺入肌膚，只見皮肉頃刻間就變成了黑紫色。

「保護王爺！」馬公公高聲喝道。

只見侍衛們都衝了過去，用武器狠狠擊中寧子薰的後背。她發出嘶吼聲鬆開淳安王，回頭望向包圍她的侍衛。

「寧……子薰……」淳安王緩緩倒下，紫黑色的血順著指縫流了下來。

「屍變了！寧王妃就是旱魃！」雲隱子厲聲叫道：「這香對人類無害，可殭屍聞了就會現出原形。寧王妃不是人，是屍妖變的！」

小皇帝元皓早就驚得呆住了，他簡直不敢相信眼前的一切……

他人生中第一個喜歡的女人怎麼會是屍妖？可眼前的事實又讓他不由得想起佛樂山第一次初遇的情景。

如果寧子薰只是個普通的女子，怎麼可能打得過那個白毛殭屍？她力大無窮，又不懼毒箭，而且連雷都不能劈死她，這種種的異象又如何解釋？

太后脣邊凝著一縷冷笑，道：「還不快點抓住屍妖！她偽裝成寧王妃潛伏在淳安王身邊，如今被雲隱子道長識破還傷了淳安王。你們這些都是死人啊，還不動手抓住她！」

竺太后覺得，這半生的惡氣都在這一刻出盡了！強大狡詐的淳安王也不過如此……諷刺的是，他是死在自己所愛的「人」手裡！

那些侍衛都不知如何是好，目光望向馬公公。畢竟在淳安王府，他們所聽命的只有淳安王一人。而淳安王此時已經快失去意識了，只有馬公公可以替他裁斷一切。

馬公公明白這一切都是太后的陰謀，至於王妃為何會變成這個樣子，他也是心中駭然。但無論如何，也不能讓太后把王妃抓走！於是，他下令道：「把王妃拿下！」

侍衛們都衝上去，可他們這些人類又怎麼是狂性大發的殭屍的對手，一聲聲慘叫和筋骨斷裂的聲音迴響在空曠的大殿之上。

「不要傷害她！」只聽見殿外有人急聲喝道。

太后心中一驚，急忙抬頭，卻只見一個絕美少年衝了進來。

侍衛們則都快哭了：到底是誰傷害誰啊！

只見那少年手中拿著人偶，口中唸動咒語道了聲「縛」！寧子薰就停住動作了，只是那懸在半空中染滿鮮血的爪子看上去有幾分駭人。

小瑜看到寧子薰此時的模樣，心中說不出的心疼，如果不是淳安王強留下她，她怎麼會變成這樣？他也弄不明白寧子薰為何會突然發狂，看來只有師父才能讓小殭恢復原樣！

於是，他上前一拉寧子薰的手，說：「咱們走！」
以寧子薰的身手，想要從淳安王府逃出去也並非難事。
太后當然認得這少年便是玄隱子的徒弟，事情已到了這個地步，她絕對不能讓寧子薰和這個小道士逃出去，萬一他們供出是她指使寧子薰到王府臥底就功虧一簣了！既然如此，就把他們一起消滅掉！
竺太后衝自己的貼身侍女綺煙使了個眼色，綺煙袖中飛出一根有毒的鋼針……
小瑜正準備用人偶驅使小殭飛上殿頂，突然手腕一麻，人偶啪的一聲掉到地上。
沒了人偶的控制，寧子薰根本不聽小瑜的話，變得更加狂燥，啞吼著衝向人群。
「雲隱子道長，還不抓住這屍妖！」太后叫道。
雲隱子手持一道火符，輕輕搖晃，口中唸唸有詞，那黃色的符紙立刻燃起了火苗。他喝道：「眾人閃開，看貧道用五雷火符燒死這屍妖！」
「朕不許你傷害她！」小皇帝元皓剛要衝過去，卻被站在他身邊的綺煙點中了穴道。
太后冷冷的說：「皇上，她不是人類。若再縱容下去，旱魃臨凡，黎民塗炭，你想讓大齊江山毀在你手裡嗎？」

元皓恨恨的望著太后，他知道眼前的一切都是笠太后設好的局，可他……身為皇帝，卻連制止的力量都沒有！

而雲隱子根本不管小皇帝發出什麼命令，手中的火符早已飛了出去。「轟」的一聲，寧子薰整個身體都被火焰包圍了！在明豔的紫色火焰中，隱隱有雷聲陣陣。寧子薰扭動著身體，發出不屬於人類的嘶叫聲，那嘶叫聲聽起來異常恐怖。

「寧子薰！」小瑜發出一聲絕望的慘叫。

只可惜，火焰漸熄後，地上只剩下一團漆黑如炭、面目全非的焦屍。

《殭屍王妃03向情敵宣示所有權》完

敬請期待《殭屍王妃04》精采完結篇！

飛小說系列134

殭屍王妃03

向情敵宣示所有權

出版者■典藏閣
作　者■偽裝的魚　　繪　者■水々
總編輯■歐綾纖　　企劃主編■PanPan
製作團隊■不思議工作室　　代理出版社■廣東夢之星文化
郵撥帳號■50017206 采舍國際有限公司（郵撥購買，請另付一成郵資）
台灣出版中心■新北市中和區中山路2段366巷10號10樓
電　話■(02) 2248-7896　　傳　真■(02) 2248-7758
物流中心■新北市中和區中山路2段366巷10號3樓
電　話■(02) 8245-8786　　傳　真■(02) 8245-8718
ISBN■978-986-271-616-8
出版日期■2015年7月
全球華文國際市場總代理／采舍國際
地　址■新北市中和區中山路2段366巷10號3樓
電　話■(02) 8245-8786　　傳　真■(02) 8245-8718
新絲路網路書店
地　址■新北市中和區中山路2段366巷10號10樓
網　址■www.silkbook.com
電　話■(02) 8245-9896
傳　真■(02) 8245-8819

☞您在什麼地方購買本書？☜

1. 便利商店（______市／縣）：□7-11　□全家　□萊爾富　□其他______________

2. 網路書店：□新絲路　□博客來　□金石堂　□其他__________

3. 書店（______市／縣）：□金石堂　□蛙蛙書店　□安利美特animate　□其他_____

姓名：__________地址：____

聯絡電話：__________電子郵箱：______________________________________

您的性別：□男　□女　　　您的生日：__________年__________月__________日

（請務必填妥基本資料，以利贈品寄送）

您的職業：□上班族　□學生　□服務業　□軍警公教　□資訊業　□娛樂相關產業　□自由業　□其他____________

您的學歷：□高中（含高中以下）　□專科、大學　□研究所以上

☞購買前☜

您從何處得知本書：□逛書店　□網路廣告（網站：______________）　□親友介紹

（可複選）　□出版書訊　□銷售人員推薦　□其他____________________

本書吸引您的原因：□書名很好　□封面精美　□書腰文字　□封底文字　□欣賞作家

（可複選）　□喜歡畫家　□價格合理　□題材有趣　□廣告印象深刻

□其他____________________

☞購買後☜

您滿意的部份：□書名　□封面　□故事內容　□版面編排　□價格　□贈品

（可複選）　□其他

不滿意的部份：□書名　□封面　□故事內容　□版面編排　□價格　□贈品

（可複選）　□其他

您對本書以及典藏閣的建議____

____

____

✌未來您是否願意收到相關書訊？□是　□否

✍感謝您寶貴的意見✍

印刷品

請貼
3.5元
郵票

235 新北市中和區中山路二段366巷10號10樓

華文網出版集團　收

（典藏閣－不思議工作室）